PASSÉ MINUIT

EMMANUELLE
COSSO

PASSÉ MINUIT

ÉDITIONS
SARBACANE
Depuis 2003

De la même autrice

Chez le même éditeur

– *Le phénomène Philomène* (collection Pépix, 2017)

Chez un autre éditeur

Littérature jeunesse

– *La lettre d'Elisabeth* (Éditions Flammarion, 2014)

Littérature générale

– *J'ai longtemps été une blonde d'un mètre soixante-quinze* (Éditions Flammarion, 2005)

– *Mon avion, mon roman, mon amour* (Éditions Flammarion, 2008)

– *J'ai rencontré quelqu'un* (Éditions Flammarion, 2014)

À mon Kalil

Bande-son

– JAIN, Alright
– ZOMBIE ZOMBIE, Hippocampe
– MANAU, La tribu de Dana
– BILLIE EILISH, 8

J'entendais ses poings tambouriner contre la porte ; ça faisait un débit de mitraillette. *Tac-tac-tac-tac-tac*.

De temps en temps, un *toc* bien mat. Je savais ce que c'était : la grosse bague, monture argent, pierre orange, qu'elle porte au majeur droit. Le bijou heurtait le bois. Elle allait l'abîmer, si elle continuait.

Les *tac* et les *toc* me parvenaient sans m'atteindre, comme s'ils étaient étouffés. Comme si, affaiblis par quelque sortilège, ils glissaient le long de la porte sans la traverser.

La cloison n'était pas bien épaisse, pourtant. Le coton était dans ma tête.

– Ève ! Ouvrez cette porte !

Pas question. Je devais m'enfermer, je n'avais pas le choix. Je ne savais pas combien de temps durerait ce manège et je m'en foutais. Je voulais juste *ne plus la voir*.

– Ève ! S'il vous plaît, expliquez-moi ce qui se passe !

Cette bonne femme… J'en étais venue à la haïr. Son visage me faisait horreur. Sa peau de cire, dégueulasse, ses dents grisâtres, son sourire trop large pour être honnête.

Elle a arrêté de toquer. Le silence s'est installé. Je m'y suis blottie. J'aime les endroits exigus, moi qui suis si grande. Dans les endroits minuscules, les silences sont immenses. Quand le jour traîne en longueur, que la joie se fait attendre, qu'au-dehors je ne comprends plus rien, ils sont mon refuge.

Je me suis repliée sur moi-même. J'ai entouré mes jambes de mes bras et j'ai posé mon front sur mes genoux. Je n'étais plus qu'une fille pliée au carré. Je fais ça dans des cabanes, dans le foin des granges, dans le placard du gymnase ; je pouvais bien faire ça ici, dans les chiottes de Madame Hanka.

Je l'avais prévenue que ces séances devaient cesser. Elle ne m'avait pas écoutée. Vilma non plus (pas étonnant). Alors je me repliais dans un coin – qu'est-ce que je pouvais faire d'autre ?

Le marteau a éclaté la serrure et le silence. J'ai plaqué les mains sur mes oreilles.

***

En définitive, Madame Hanka a accepté de « suspendre le travail ». Elle ne m'a même pas engueulée.

– Vous devez trouver d'autres moyens que vous enfermer dans les toilettes pour dire les choses, jeune fille.

Comme si j'avais pas dit vingt fois que je voulais plus venir…

Enfin libre. Ça ne signifie pas que j'en ai fini avec elle pour autant, je le sais bien. Mais du moment que je ne viens plus dans cette pièce – ses milliers de bibelots, sa tapisserie japonisante, ses bougies aux senteurs écœurantes, ses étagères où les livres se bousculent – et que je ne la vois plus, elle, avec sa bonne grosse tête bienveillante sous son éternel turban, ça ira.

Elle se la joue Simone de Beauvoir, la meuf. Simone de Beauvoir de cambrousse hein, c'est pas le même modèle.

Elle a dit qu'elle « consentait » à ce qu'on arrête. *Je consens, Ève – je l'aurais baffée –, à condition que vous remplaciez nos rendez-vous par des séances d'écriture.*

J'ai tiqué. Elle allait pas me faire le coup du journal intime en accès libre, quand même ?!

Mais, apparemment, non :

– Vous écrivez ce que vous voulez, a-t-elle dit, si possible tous les jours. Notez le moindre début de souvenir. N'hésitez pas à entrer dans les détails : la couleur d'une écharpe, le motif d'un tissu, le sens d'un sourire, l'état du ciel… Cherchez à retrouver les sons, les odeurs. Écrivez au présent de préférence : revivez votre année passée comme elle voudra bien vous revenir. Soyez précise, exacte, et surtout… douce avec vous-même. Ce qui vous arrive n'est pas de votre faute.

– Écrire ? Comment ? Pourquoi ? Pour qui ? Je sais pas faire, moi. Je fonctionne à l'image.

– C'est très bien. Décrivez les images qui vous reviennent. Couchez-les sur le papier comme vous travailleriez un tirage. Sans recourir à la retouche. Éclairez les zones d'ombre au maximum. Dites-vous que c'est un entraînement, pour muscler votre mémoire.

– Je peux essayer, mais ça me paraît tellement flou…

Sa grosse tête s'est éclairée d'un sourire.

– Adressez-vous à quelqu'un !

– Comment ça ?

– Pour que ce soit plus précis. Écrivez à quelqu'un qui ne vous jugera pas. Qui ne vous connaît pas.

– Genre, un ami imaginaire ?

– Un lecteur imaginaire. Et de temps en temps, demandez-vous ce qu'il penserait des morceaux de votre histoire que vous lui aurez racontés. Comment, lui, il relierait les points. Cela vous sera utile.

J'ai pas tout compris, j'avoue. Le point de vue d'un lecteur imaginaire ? Et puis quoi encore ? Ça sentait l'arnaque à plein nez…

Pas grave, j'ai dit d'accord. C'était ça ou me taper des Madame Hanka pour le restant de mes jours.

Écrire comme ça vient… En vérité, je n'ai pas le choix.

Ma vie passée ressemble à un manuscrit qui se serait envolé dans le vent, dont les feuilles auraient été dispersées tous azimuts par la tempête de mon âme. Ma frêle, vaillante petite âme.

Mes souvenirs se ramassent à la pelle. Rien n'est en ordre. C'est un foutu bordel dans ma tête. Forcément, ça va baver et raturer. Il manquera des passages, c'est sûr. On me pardonnera, peut-être.

Par où commencer ?

LES VACANCES DE NOËL (1)

Vendredi 21 décembre du temps d'avant, 16 h 50

Alors, photographier l'absence de rêves.

La première soirée des vacances de Noël, je m'en souviens bien. En sortant du lycée, on s'est tous retrouvés chez Fred, comme souvent.

Au présent, a dit Madame Hanka.
Soit.
Rendre le passé présent, c'est ce dont il s'agit. Sans oublier de m'adresser à quelqu'un de neutre. À vous, donc, qui êtes là sans y être. Qui ne me jugerez pas. À qui je peux tout dire sans peur.
Allez, c'est parti.

Il est presque 17 heures. Leila vient d'arriver. Pile quand je dois rentrer.
Quand elle apparaît quelque part, Leila, l'ambiance monte d'un cran. Soudain, chacun veut montrer le meilleur de lui-même – moi la première. C'est un soleil. Toujours un grand sourire, et ces cheveux bruns, naturellement et sublimement bouclés, qui lui donnent ce côté sauvage…
C'est sûr, Leila n'a rien d'un animal domestique. Elle n'a pas besoin de revendiquer quoi que ce soit, on *sait* qu'elle est libre. On ne lui imposera rien, jamais. Elle n'obéit qu'à elle-même. Ses cheveux nous le disent.
Je suis son contraire. Raide, lisse.
Leila est ma meilleure amie.

Elle pose négligemment le panier rond qui ne la quitte jamais, au pied du canap'. On se pousse pour lui laisser de la place ; elle se glisse entre Alana et moi, secoue ses cheveux, ondule des hanches pour qu'on lui laisse plus d'espace. Je lui fais signe que je vais y aller, de toute façon.

En face, il y a ce nouveau, Evan. Il la fixe avec insistance. Le malheureux ! Il ne sait pas ce qu'il fait…

Leila lui rend son regard.

– Toi et moi ? lui dit-elle tout fort. Zéro chance pour qu'on s'attrape sexuellement.

Tout le monde rigole. Evan rougit, il est clair qu'il aimerait disparaître dans le faux cuir élimé du fauteuil qu'il s'efforce d'occuper. C'est tout Leila, ça. La meuf la moins gênée que je connaisse. Je l'envie à fond.

Je sais que je ne devrais pas. En toute logique, c'est moi qui suis née sous la bonne étoile. Alors, d'où vient que je me sens tellement moins… tellement moins qu'elle ? Leila a perdu sa mère dans un attentat, en Algérie. D'après ce que je sais, c'était plus un assassinat qu'un attentat. Mais je n'en sais pas grand-chose. Même Leila n'en sait pas grand-chose, elle était bébé.

Je trouve que ça lui donne une aura, à Leila, d'avoir une mère assassinée. C'est affreux, je ne devrais pas penser ça non plus. Je suis si mauvaise, parfois… Je ne sais pas pourquoi. Comme si j'avais un diable en moi.

En plus, Leila n'a pas besoin d'avoir une mère assassinée pour être remarquable.

Deux heures qu'on refait le monde, chez Fred, vautrés sur les deux canapés défoncés de son garage transformé en chambre d'ado. Le monde passé, avec ses anecdotes de cour de récréation, ses profs – géniaux ou à la ramasse –, ses mauvais bulletins, ses bonnes notes. Le monde futur, avec les vacances qui commencent et, déjà, cette première soirée… qui se poursuivra sans moi.

J'ai pas des masses envie de partir ; dehors, la fin d'après-midi est toute mouillée… Je rêvasse, bercée par les parties de baby-foot qui s'enchaînent et les conversations, le temps de me décider à bouger. Arthur sort une vanne, Leila rit et aussitôt, le garage s'illumine. Et alors, j'ai plus du tout envie de partir.

« Leila », ça veut dire « nuit » en arabe. C'est ouf. Les choses sont tellement l'inverse de ce qu'elles paraissent ! Leila devrait signifier « soleil ». Moi, je m'appelle Ève-Lune. Oui, je sais, ça ressemble à rien. La faute à un employé de la mairie pas vraiment réveillé : cela aurait dû être Ève-Line.

De toute façon, autant vous dire que « Line » ou « Lune », pour moi c'est *niet*. On m'a toujours appelée Ève.

Mais c'est bien *moi*, la lune. Et Leila, le soleil. C'est ça, la vérité. À côté d'elle, je suis carrément transparente. J'ai d'affreux cheveux châtain clair, des yeux bleus qui donnent froid, une peau que je déteste, très pâle sous mes deux-cent-cinquante-huit-mille taches de rousseur… Certains jours, on peut voir au travers et, sur ma joue droite, carrément distinguer une veine qui palpite, beurk, *freak*.

Il paraît que je ressemble à une Anglaise. C'est le seul compliment qui puisse me faire plaisir. J'ai tellement l'impression d'être née du mauvais côté de la Manche…

– Mais c'est juste n'importe quoi ce que tu fais !

– On a dit *tous les coups sont permis* !

– Ouais mais pas la roulette quoi ! Pff, t'es bien une fille !

Matéo ramasse la balle et la remet au centre du baby en soupirant, tandis qu'on entend une voiture se garer près de la maison principale.

– V'là ton daron, Fred ! annonce Arthur.

Le monde futur, pour nous, va déjà se cogner à la perspective du bac. Nos parents ne nous parlent que de ça depuis la rentrée. Alors, oui, OK, nous aussi on veut l'avoir – pour qu'ils nous *lâchent*, bordel ! Même si on ne le leur dirait pas comme ça.

En tout cas, pas moi : je ne dis jamais ce que je pense à mes parents. Les ponts sont coupés depuis longtemps. Y en a-t-il jamais eu, à vrai dire ? Depuis ma naissance, j'ai l'impression que mes parents vivent sur une rive et moi sur l'autre. Dans un sens, je les comprends. Je suis tellement insignifiante… comment pourraient-ils m'aimer ? Trop grande, trop maigre, trop châtain (la pire couleur de cheveux), trop inexpressive…

Je dis « mes parents » même si mon père, Denis, n'est pas mon père biologique. Qu'importe, lui et ma mère sont mes parents ; ça ne change rien. (Personne ne le sait autour de moi. Je ne le cache pas, mais je n'en parle pas non plus. Seule Leila est au courant. Leila sait tout de moi.)

– Ça va, les gars, les filles ?

Le père de Fred passe une tête. C'est un type immense, mince, à la tenue soignée. Il est militaire. Plutôt sympa. Il nous dépose au passage un pack de Grim bien fraîches. Je n'aime pas trop la bière mais, si je l'aimais, c'est celle-là que je boirais, avec sa belle couleur ambrée.

On le remercie. Il me demande des nouvelles de mes parents – il connaît un peu Denis et semble l'apprécier. C'est vrai, Denis est cool.

Mon père bio, que j'appelle dans ma tête « le géniteur », je n'en sais pas grand-chose. Juste qu'il a laissé tomber Vilma quand j'étais bébé. Vilma, c'est ma mère, aucun doute là-dessus. Mais… à vrai dire, ces derniers temps, je prends conscience de mon ignorance sur mes origines. Je ne sais pas ce qu'il s'est passé entre eux, pourquoi ça a foiré, s'il a fui et où. Ma mère est une grande taiseuse et, de mon côté, j'ai été conditionnée à ne pas poser de questions.

Ce que je sais, en fin de compte, est bien incertain. Une intuition, née de la somme de petits bouts d'informations glanés ici ou là. En réalité, si ça se trouve, c'est elle qui a congédié le géniteur parce qu'elle le trouvait défaillant… Ce serait bien son genre. Ma mère ne fait pas dans le sentiment.

D'après ce que j'ai compris, Denis l'a rencontrée et épousée l'année qui a suivi sa séparation.

Et je faisais partie du lot ! La dot – c'est comme ça qu'on dit ? –, c'était moi ! Tu parles d'un cadeau.

Je n'ai pas de souvenir de leur mariage. Il y a cette photo dans leur chambre, et c'est tout. On y voit Vilma – qui n'a pas vraiment changé en quinze ans – debout à côté de Denis, visage rond et souriant ; et moi, entre eux, fixant droit l'objectif du haut de mes dix-huit mois. On est tous les trois très figés. On a dû vouloir fabriquer le parfait cliché de la photo souvenir de mariage. Ma mère tient dans ses mains jointes un bouquet rond et parfait. Le sourire de Denis est parfait ; les traits du visage sérieux de ma mère, sa bouche fine, son nez droit, les plis de sa robe courte, parfaits ; ma petite main posée sur ma joue ronde, parfaite. De vraies caricatures.

Je n'ai pas non plus de souvenirs de quand j'étais bébé. Peut-être parce qu'on n'en parle jamais en famille et que pendant longtemps, personne n'a pris de photos. C'est une famille dans laquelle on n'est pas vraiment dans le passé, genre c'était mieux avant, ou tu te souviens l'année où… enfin, toute cette nostalgie, on déteste ça chez nous. Il faut être dans le présent, rien que dans le présent. À la rigueur, on peut jeter un œil vers l'avenir, mais sans se disperser.

C'est moi, à la maison, qui ai fait les quelques albums de souvenirs que nous avons. Ce ne sont pas des albums d'ailleurs, mais des pêle-mêle. Ils s'étalent sur les murs du couloir, de ma chambre et de celle de Gigi, mon petit frère.

Si notre famille était une personne, j'en serais la mémoire. Gigi serait le rire. Vilma, le silence. Et Denis… Denis, je sais pas. La gentillesse, peut-être.

Au fait ! Moi, la mémoire ? Ironique, quand on sait la suite.

Question : est-ce à cause de cette absence de photos de famille que je veux devenir photographe ?

Quand je suis chez certains de mes potes, je suis frappée par la différence d'ambiance dans nos maisons. Chez ma copine Livia, par exemple, il y a un côté Bisounours que mon éducation m'incite spontanément à mépriser. Pourtant, quand je rentre chez moi, ensuite, ça me pique un peu dans le ventre. J'aimerais bien un peu de guimauve, une fois, comme ça, pour voir quel goût ça a.

Tenez : si mon petit frère se blesse, il n'y a que moi pour lui faire un bisou magique. Mon père le prend en vitesse dans ses bras et lui donne de grandes tapes dans le dos en disant « Allons, allons, tu es un grand », et ce depuis ses deux ans. Ma mère se contente de le regarder de l'autre bout de la pièce jusqu'à ce qu'il s'arrête de pleurer. Je dois dire que ça marche.

Le père de Fred s'est assis sur un bras du canapé pour échanger quelques minutes avec nous. Sans trop s'en apercevoir, on corrige nos postures nonchalantes. Même s'il est carrément cool, ce mec, il impose le respect, avec ses lunettes et son maintien sévère. Est-ce que mes copains se tiendraient si bien si c'était Denis ou Vilma à sa place ?

Peu de chances que ça arrive, de toute façon. Ma daronne est considérée comme une sorte de sorcière, dans la région ; quant à Denis, c'est un toutou. Denis essaie toujours de « faire copain », ce qui est juste la honte.

Je tente de me représenter le géniteur... Est-ce que ce serait le genre de mec à clouer le bec de n'importe qui ? Depuis peu, je me surprends à penser à lui. Je l'imagine généralement en gros loser. Il n'a jamais donné de nouvelles... Pas même une adresse, rien ! Pourtant, ma mère et moi n'avons jamais quitté cette maison – dans laquelle Vilma mourra tant elle y tient. Elle y est née.

Si ça se trouve, il est mort.

Si ça se trouve, il vit aux États-Unis – c'est quelque chose que je crois avoir entendu, lorsque j'étais plus jeune, un soir que je n'étais pas censée écouter et que j'écoutais quand même.

Si ça se trouve, il habite le village d'à côté. Il est peut-être millionnaire. Ou bien SDF. Où qu'il soit, quoi qu'il soit, je m'en fous, il ne me manque pas.

Et moi, je ne mourrai pas ici, croyez-moi.

– Et vous avez des projets pour les vacances ? nous demande le père de Fred.

Ça nous fait rigoler.

– Je vais en Norvège, je dis, pêcher le crabe royal !

Arthur s'esclaffe et enchaîne aussitôt :

– Moi au Club Med, à Phuket... Je vais pécho aussi, mais de la meuf !

Pour Leila, ce sera Cuba – depuis le temps qu'elle en rêve. Alana part au Pérou visiter le Machu Picchu, Matéo et Livia vont skier en Suisse.

– Bweuah, conclut Joël qui ne s'exprime le plus souvent que par cette onomatopée dont le sens varie selon le contexte, même si la plupart du temps elle signifie « Je n'ai pas l'énergie de m'investir dans une conversation aussi débile ».

Ce qui est le cas en l'occurrence puisque, bien sûr, tout est faux : on ne fait rien. Ici est un endroit qu'on ne quitte pas pour les vacances. On doit y être trop bien, faut croire !

Les bières se décapsulent. Bon, cette fois, je dois vraiment décamper. J'enfile ma parka. Coucou général, salut les gars ! Fred et Alana agitent la main, Livia et Leila m'envoient un baiser, Joël est sur son portable.

– Je t'escorte jusqu'à la porte, cloporte.

Arthur se lève pour me raccompagner. C'est un de nos petits rituels – Arthur est mon vieux pote, on se connaît depuis le Maxi Cosy. Il est petit, brun, mignon et fait tout le temps des blagues et des jeux de mots pourris. Il m'appelle cloporte, rapport au fait que j'ai tendance à me rouler en boule dès que je me sens agressée. On a grandi côte à côte, ses parents habitaient la ferme à côté de la nôtre. Ils l'ont quittée il y a cinq ans, pour reprendre la boucherie du village. La ferme n'a pas retrouvé de repreneur. Elle est à l'abandon depuis. Arthur n'en parle pas mais je sais que ça lui fait mal. J'aime énormément ce garçon ; on sent que c'est une personne sur qui on peut compter. Ça court pas les rues.

Juste avant que je sorte, Leila secoue la tête en faisant tinter ses boucles d'oreilles et me crie :

– À demain, beauté !

Beauté… On en est loin.

Capuche relevée, tête basse, mains dans les poches, je marche dans la fin d'après-midi grise, mes dix-sept ans mitraillés par la pluie.

***

Ce village où je vis, en Bretagne, près de la Manche… franchement, ça craint. La région ne manque pas de charme, quelques spots ont même du caractère, la côte est belle et, par endroits, carrément sublime le temps d'un rayon de soleil ; mais nous, nous habitons dans la vallée. Et dans la vallée, c'est la lose.

Mon lycée, c'est la mort aussi. Il n'y a que trois classes et on se connaît tous depuis la maternelle. À quelques exceptions près – comme Evan, le nouveau, ou Leila, qui est arrivée en quatrième. On tourne en rond. C'est pas très sain. Les gamins qui étaient gentiment stupides dans les petites classes sont devenus des ados débiles puis des jeunes sans intérêt.

Je me demande parfois ce que je fais là, au milieu d'eux. Je sais que certains me trouvent hautaine et froide… Ils n'ont pas tort. Être hautaine et froide est le seul moyen que j'ai trouvé pour ne pas me montrer telle que je suis vraiment : timorée et inintéressante. Au fond, je ne vaux pas mieux que ces *creeps* (c'est comme ça qu'on les surnomme, avec Leila).

Avant, les garçons jouaient presque tous au foot, mais la moitié d'entre eux a arrêté cette année ; ils préfèrent un nouveau sport que j'appelle « la Triplette du C.O.N. » – pour Console, Ordi, Némo.

Némo, c'est une marque de bière *low cost* dont ils se délectent. Dégueulasse.

Bon, c'est pas vrai qu'il n'y a que des idiots. Ce sont des choses que je dis quand j'ai les nerfs. Fred est OK. Les jumeaux Lukas et Ludo aussi. Arthur, évidemment. Joël, ça peut… Hmm, non, laisse tomber : dès qu'on est plus de cinq, il révèle sa vraie nature de *creep* total.

Et enfin, il y a Benjamin.

Benjamin est parti passer Noël en Afrique. Lui, c'est *pour de vrai*. La moitié de sa famille vit au Mali.

Benjamin, il...

Mais je n'ai pas trop envie de parler de lui maintenant, dans l'état où je suis, moitié vénère, moitié fatiguée. Benjamin mérite mieux.

Je peux parler de mes parents si vous voulez. De mes parents à mille lieues.

Ils ne me battent pas, ils ne se battent pas. Mais leur indifférence... On dirait que mon frère et moi, on est un mal nécessaire. Ils ne nous aiment pas.

Je sais ce que c'est, l'amour. Ce n'est pas un sentiment qu'on peut maîtriser. Ça n'est pas domptable. Ça vous envahit tout à coup et paf, ça déborde. Et tout le monde le voit. Eh bien, chez moi, je n'ai jamais rien vu de tel. L'amour n'a jamais débordé de personne.

Sauf entre Gigi et moi. Ça nous arrive de nous sentir à deux doigts d'être submergés, on retient la vague juste à la limite. Mon petit frère... Il suffit que je le regarde, avec sa tignasse châtain roux et ses grands yeux vert foncé, brillants comme c'est pas permis, étonnés de tout, comme s'il n'en revenait pas d'être là et puant l'envie de rire en toute occasion, pour que j'aie envie de le bouffer direct.

Attention, ça m'est déjà arrivé d'avoir envie de me tirer. J'ai même déjà préparé un sac – à plusieurs reprises. Les soirs où je n'en pouvais plus de cette maison où on ne se dit rien... ce foyer sans feu, cette assemblée de gens raisonnables à laquelle Vilma imprime le tempo d'une relation silencieuse et économe. Pas de mots affectueux, pas de gestes tendres, jamais. Cette famille dans laquelle j'étouffe, où je voudrais crier.

La dernière fois a failli être la bonne. J'étais prête, résolue. Mais en allant embrasser mon petit frère avant de faire le mur, en le regardant dormir en confiance, parti dans son pays des songes, je me suis senti pousser un devoir de grande sœur et d'un coup, j'étais foutue, je ne pouvais plus m'enfuir. J'ai défait mon sac et je suis allée au lit, énervée… et apaisée, en fin de compte. J'avais une vraie raison de rester là. Qui lui ferait des bisous magiques, sinon ?

Quand j'y pense, c'est à se demander pourquoi Denis et Vilma ont voulu le faire, ce gosse. Moi, passe encore, je viens d'une autre histoire. Ils n'ont pas décidé de m'avoir ; j'étais là, c'est tout : ils ont fait avec. En particulier ce pauvre Denis… Denis qui, pour être tout à fait sincère (et bien qu'il m'énerve grave en ce moment), est souvent plus chaleureux avec moi que ma mère. Le monde à l'envers, non ?

Mais enfin, pourquoi avoir décidé d'agrandir la famille neuf ans plus tard ? Franchement, c'est un mystère, vu que c'est surtout moi qui m'occupe de mon frère.

Il est adorable, mon Gigi. Même si j'ai envie de lui dévisser la tête de temps en temps, c'est la personne que je préfère au monde. Avec Leila.

La pluie redouble de violence, elle est glacée. J'ai l'habitude. Pour souffler, je fais une pause sous l'abribus, en face de la rue des Héliotropes où habite Leila. J'aperçois sa maison. On pourrait croire qu'il n'y a personne, mais je sais que son père est rentré. Il laisse toujours tout éteint chez lui. Il est en dépression depuis dix-sept ans. C'est choquant, je trouve.

Je reste assise un moment à scruter le plafond nuageux. Au-dessus de ma tête, c'est bientôt l'heure de la déchirure. Ça va, je suis dans les temps.

En fait, si je n'ai pas trop négocié avec mes parents pour sortir ce soir, c'est que je réserve mes cartouches pour la soirée du jour de l'An. Là aussi, ils ont dit non ; mais, s'il y a une soirée que je ne *peux pas* rater, c'est celle-là !

Déjà, Benjamin y va. Et puis, ce sera… tellement génial !

C'est Fred, Ludo et Lukas qui organisent le truc. On peut leur faire confiance : les jumeaux sont des gars plutôt spé mais au moins, avec eux, il se passe toujours quelque chose. Ils ont mille idées à la minute. Précision importante, ce sont des faux jumeaux – et d'ailleurs, on ne saurait être plus différent, d'apparence et de personnalité. Lukas est un beau gosse classique, belle gueule, un mètre quatre-vingt, corps taillé, dentition blanche impeccablement alignée, chiant comme la pluie des jours de pluie. Ludo, vingt bons centimètres en moins, totalement distrait, grand observateur, souvent dans son monde, perdu dans le nôtre, la mine et les cheveux toujours en bataille, le contour du corps un peu flou, semblant en permanence en train de sortir de son lit, ayant déjà été pris en flag en train de confectionner des sandwichs jambon-fleurs, mais qui fait ça, sérieux ?! Bref, rien à voir.

Fred est celui qui garantit les délires des deux frères. Il sait aussi les calmer, quand il juge qu'ils vont trop loin. Avec lui, rien n'est laissé au hasard. Il sera probablement militaire, sur les traces de son père. Il rédige et organise en feuilles de mission tout ce qu'ils font tous les trois. Un vrai psychopathe !

Leur spécialité : partir à la recherche d'endroits glauques et organiser des teufs dedans. Et plus c'est vieux, abandonné et flippant, plus ils sont contents ! Je suis leur asso sur Insta. Les photos qu'ils postent sont trop belles, j'avoue. C'est toujours à base de destruction, de déconstruction, de délabrement... La beauté des ruines, quoi.

La beauté des ruines, mais avec quelque chose qui pousse dessus. On trouve des tas de bâtiments désaffectés dans la région. Des fermes, des granges, des petits châteaux – et même un ancien abattoir démesuré. De tous ces endroits, je n'aurais jamais rien su s'il n'y avait pas cette bande de freaks qui aime aller remuer la poussière.

Debout sous mon abribus, je regarde autour de moi. Que deviendront les bâtisses grises qui me font face ? Toutes ces baraques en mauvais matériaux... Est-ce qu'elles seront, dans cinquante ans, le théâtre délabré de scènes de jeux de gamins qui auront du mal à croire qu'on ait pu vivre dans des baraques aussi tristes ? Je l'espère.

Le passé en ruines est dans tous les magazines, en ce moment. Plein de photographes s'y intéressent. Ça veut bien dire quelque chose... Peut-être qu'on manque de rêves. Alors on photographie *l'absence de rêves*. Et photographier l'absence de rêves nous fait rêver. On est tordus !

Photographier l'absence, c'est mon kif, d'ailleurs. Je suis tordue, alors ? Oui oui, d'accord.

Pour la soirée du 31, je compte bien prendre mon appareil.

La pluie a cessé, je reprends ma marche vers la maison. Bien qu'il ne soit pas tard, il n'y a personne dans la rue.

Je ne croise que la vieille Madame Le Guen, habillée tout en noir, dans son fauteuil roulant électrique. Elle est assez flippante, ne répond jamais quand on lui dit bonjour… Pas sûr qu'elle ait toute sa tête.

Le vent souffle dans les branchages et fait pleurer les arbres. Bientôt, je distingue ma maison, flanquée de son grand cyprès, aussi sombre que celle de Leila – sauf que chez moi c'est normal, y a personne.

C'est un ancien corps de ferme. Elle était encore en activité il y a trente-cinq ans. Mes grands-parents ont vendu les troupeaux pour ne pas vivre la vie dure de leurs parents. Ils ont acheté un commerce en ville, une mercerie. Espérant que ma mère, leur fille unique, prendrait la relève.

Sauf que ma mère ne fait jamais ce qu'on attend d'elle. Ma mère, mercière ?! Morte de rire. Sorcière, je vous dis ! Mes grands-parents sont morts, je les ai à peine connus et la boutique a fermé. Beaucoup de boutiques ont fermé dans le coin. À la place de la mercerie : un magasin de cigarettes électroniques. Faut qu'on m'explique.

Oh là là ! J'aimerais crier dans la rue !!! Crier à tue-tête !!! Qui suis-je, en fait ? Et qu'est-ce que je fous là, échouée dans ce corps trop grand et dans cette ville trop petite ?

Je vois ma vie comme un énorme chantier. Une construction dont on ne sait quand elle s'achèvera, ni même si elle s'achèvera un jour. Elle ne sera peut-être au final qu'un champ de ruines. En ce cas, espérons que ce soit de belles ruines, au moins !

Ce n'est pas uniquement par passion de l'image que j'aime prendre des photos : je suis timide. Quand il y a du monde, je ne sais pas me mélanger, je reste discrète, à l'affût de quelque chose de signifiant. Signifiant quoi ? Je ne sais pas vraiment. Il m'arrive de ne photographier que des ombres. Il me semble qu'elles disent quelque chose de nous.

Une image peut dégager tellement de sens. Bien au-delà de ce qu'elle donne à voir sur le papier. Elle crie parfois tout autre chose. Par exemple, ce qui devrait être sur la photo et n'y est pas.

J'ai pris une photo de cette trempe-là l'année dernière, à la maison de retraite où j'ai fait mon stage de première. L'endroit s'appelle « La Source ». Bref, bon accueil, gens sympas tendance extraordinaires (de temps en temps, j'y repasse). Il y avait là-bas une infirmière, Suzanne, qui m'avait prise sous son aile. Une femme géniale. Et donc, je l'avais photographiée avec une mamie dont elle s'occupait. On voit, dans les yeux de la mamie, un amour incroyable pour Suzanne.

J'ai aussi une image comme ça de mon frère, petit. Il est dans les bras de ma mère et il la regarde. Le même genre d'amour : inconditionnel. Vilma, elle, regarde ailleurs. Cette photo me tue.

Celle de la mamie me tue aussi. On peut se dire, en matant la photo, que l'infirmière doit être exceptionnelle et que la vieille dame a de la chance. Mais ce que crie cette image, en vérité, c'est qu'être vieux, c'est redevenir un petit enfant dépendant de sa maman. Alors qu'il n'y a plus de maman. Le rôle échoit à qui passe par-là, et bonne chance. Les gens vieillissent. Le besoin d'amour ne vieillit pas, lui. Ça, c'est dégueulasse.

Pas de portail chez moi ; on entre dans le jardin comme dans un moulin. C'est un jardin à l'image des enfants qui vivent dans cette maison : il pousse tout seul. Denis passe un coup de débroussailleuse de temps en temps… Pour le reste, ça croît, grimpe, éclôt, crève, pourrit, ça fait sa vie dans tous les sens, bordélise, prolifère, envahit, colonise. C'est quand même assez joli.

La maison est vide, bien la peine de m'être pressée. Jeter mon sac par terre dans un coin de ma chambre. Ouvrir le frigo. Boire un peu de lait à même la bouteille.

Mon père va rentrer tout à l'heure avec Gigi. Ma mère… On ne sait jamais quand rentre ma mère. Je pourrais faire mes devoirs en attendant, mais, franchement ? Mes cours, ils vont rester bien sagement dans leur sac pendant un bon moment. C'est les vacances. Je suis en vacances, ma chambre est en vacances. Le seul qui ne soit pas en vacances, c'est mon cœur. Il cogne, il cogne, il veut cogner contre Benjamin.

In extremis avant la nuit, par le mince interstice entre l'épaisse couverture sombre du ciel et le bord mal peigné de la terre, le soleil glisse un de ses rayons. Tiens, et si j'allais faire un tour avant qu'il fasse noir ? Je pourrais en profiter pour… Oui, bonne idée.

Je récupère un sachet de croquettes cachées dans mon placard de fringues, chope mes bottes et fais coulisser la baie vitrée du salon. Elle donne sur l'arrière de la maison. Quelques mètres de terrasse en bois bricolée par Denis, un bout de jardin et puis le pré avec les chevaux. Le rayon de soleil les éclaire en contre-jour.

Je déteste ces bestioles.

Plutôt que de faire le tour de la clôture, j'ouvre la barrière et je traverse le pré. C'est mon pré aussi, après tout ! Les chevaux de ma mère, Elsève et Loréal – c'est moi qui les surnomme comme ça ; en réalité, ils se prénomment Tara et Talleyrand – s'avancent à la recherche de mamours.

Ils sont frère et sœur. Loréal boite, il a une jambe plus grosse que l'autre. Une méchante cicatrice zèbre l'encolure d'Elsève. Ce sont des chevaux qui ont été mutilés et que ma mère a recueillis. Je les ai toujours connus.

Au dernier moment, je décide que je suis odieuse et que je n'ai pas le temps de les caresser ; je me dirige vers la barrière opposée. Elle ouvre sur l'ancienne propriété des parents d'Arthur. C'est un beau terrain vallonné, mauve au printemps, quand la luzerne est en fleurs.

Derrière le vallon, on aperçoit le toit de la grange. Les tuiles manquantes lui donnent une physionomie étonnée, des yeux et une bouche bée.

Je prends sa direction. Je vais libérer mon secret.

La campagne est si calme… Dès qu'il entend mon pas, mon secret se met à aboyer. Je dois m'approcher en lui parlant avec douceur avant même qu'il ne m'aperçoive, afin qu'il reconnaisse ma voix, qu'il sache que c'est bien moi.

Le pauvre chien a été maltraité, c'est certain. Quand je l'ai trouvé il y a une semaine, il était en piteux état…

Je marchais dans la lande, il m'a suivie d'abord et puis, lorsque je me suis arrêtée, il s'est couché à mes pieds en gémissant. J'ai voulu le caresser, mais dès que j'ai approché ma main, il a montré les crocs. Forcément, il était méfiant.

J'en ai parlé à la maison. Naïvement, je pensais que mes parents seraient d'accord pour qu'on le recueille – ou qu'on le soigne, au moins – mais ma mère a dit non, et Denis… Pff… Denis fait tout ce que dit ma mère.

J'ai supplié, mais tu parles. Ma mère ne supporte que les chevaux. Elle ne veut que des animaux qui aient leur propre logement et n'entrent pas dans le vôtre. Même un chat, elle refuse. Pourtant, quand tu vois la mignonne tête de Gigi qui dit « Maman, un petit chaton pour moi, steu plaît... » avec ses yeux piquetés d'or scintillant et son sourire de lait, comment tu fais pour ne pas craquer ? Surtout quand ton mari bosse H vingt-quatre avec des vétos et qu'il pourrait si facilement rapporter un chaton ?

Ben non. Elle, ça ne lui fait ni chaud ni froid. Personne ne lui a interdit de récupérer Elsève et Loréal, il me semble ! Alors de quel droit, moi, je ne peux pas recueillir un pauvre chien qui a l'air au bout de sa vie ?! J'en ai marre ! J'ai presque dix-huit ans et toujours l'impression de compter pour du beurre aux yeux de Vilma.

Je vais le retaper, lui refaire une santé. Quand ils verront le chien tout beau, tout joyeux, je suis sûre qu'ils seront fiers de moi et me diront que j'ai bien fait.

– Là, mon chien... Tout va bien, c'est Évy.

Dès que Karl a compris que c'était moi, il a stoppé ses aboiements. Maintenant, il jappe de joie.

Je le libère, il lèche le bout de mes chaussures. Il a capté qu'on partait en balade et il est tout content ! Je dois calmer ses ardeurs, il est super musclé. C'est un bâtard je pense, on dirait qu'il a du boxer et du malinois, il est tout jeune encore.

Dès qu'il ira mieux, ce sera un chouette clebs. Il a sur le corps des couleurs de poils assez rares, dans les tons de chocolat foncé. Je l'ai appelé Karl parce qu'avec ses lèvres boudeuses, il m'a fait penser à Lagerfeld. En plus, sa démarche est un peu raide, la nuque tendue vers le haut, comme tenue par un fil, et il a les poils du crâne tout blancs – peut-être à cause du stress qu'il a éprouvé. Il est carrément beau, je trouve.

Nous allons nous perdre dans la campagne. Karl trottine à mes pieds.

Deux centaines de mètres sur un chemin caillouteux, et bientôt mes baskets s'enfoncent dans la lande mousseuse comme dans une moquette. L'impression que la nature me fait un cadeau. Un jardin maison qui n'est qu'à moi.

Karl se roule dans la mousse fraîche. Il va sentir bon.

– Attention, t'es prêt, Karl ?

Personne pour me regarder : je fais la roue.

– Acrobatie !

Mince, je me suis entaillé la main sur un caillou. Je regarde le sang suinter de ma blessure, le laisse couler de ma paume jusque sur mon poignet. Puis je m'allonge, les bras en croix. Qu'est-ce que ça ferait si le sang ne s'arrêtait pas de couler ?

Je ferme les yeux. Qu'est-ce que ça ferait de mourir maintenant ? On me retrouverait, toute blanche sur la mousse verte, une grande flaque rouge sombre sur le côté. Personne ne saurait que je serais morte pour une roue, pour un caillou. Pour un sentiment de liberté. Pour me sauver la vie.

Je me redresse en léchant ma blessure. Elle est toute fine sous la zébrure carmin. Un goût d'acier dans la bouche, je respire l'air frais à pleins poumons. On est assez loin de la Manche, à trois dizaines de kilomètres environ, mais je peux la sentir dans l'humidité du soir. De microgouttelettes d'eau de mer viennent saler la fin du jour.

Quand j'ai fait le plein d'odeurs et de sensations, quand j'ai assez fait peser mon corps sur le sol meuble pour laisser quelques traces éphémères de mon passage sur cette terre, quand je commence à avoir la dalle, je ramène Karl dans sa grange, le regarde se jeter sur ses croquettes et je rentre.

Les chevaux sont éclairés par les dernières lueurs du couchant, et c'est comme s'ils émettaient leur propre lumière. Ce n'est pas vrai que je les déteste. Ils sont si beaux, il faudrait être stupide. C'est ma mère que je déteste.

Je leur fais une petite caresse à chacun en retraversant le pré.

Il fait nuit noire quand mon père arrive avec Gigi. Je n'aime pas la nuit. La nuit cache toutes sortes de choses effrayantes ; c'est une dissimulatrice. Je ne l'apprécie que lorsque le ciel est dégagé et que c'est la pleine lune. Alors je peux sortir. Je suis un loup-garou, ha ha.

Gigi est tout patraque. Papa pense qu'il couve quelque chose.

– Je m'en occupe, je lui dis.

J'empoigne mon frère sous les bras. Son corps léger épouse la forme du mien. Il pose sa tête sur mon épaule. Il est chaud, en effet ; je peux le sentir à travers ses vêtements. Je le déshabille, lui mets son petit pyjama à rayures et le couche. Je vais lui chercher un doliprane, lui chante une chanson douce le temps que le médicament fonde. *Une chanson douce que me chantait ma grande sœur…* On a les interprètes qu'on peut.

Une fois le doli avalé, Gigi a droit à un gros bisou sur son front brûlant. Il me dit qu'il a froid aux pieds (« Évy, j'ai des glaçons à la place des doigts de pieds ! ») Je le rassure, lui enfile de grosses chaussettes en laine bouclée et le frictionne pour le réchauffer. Dès qu'il est malade, cet enfant a les pieds gelés.

– Évy, on regarde les photos ?

– Allez, d'accord. Mais après, dodo, hein !

Je décroche au mur le pêle-mêle que j'ai fait de ses trois premières années, et on passe les photos en revue. Gigi adore se voir petit. Il s'endort en trois minutes.

Ensuite, je descends aider mon père à éplucher les légumes pour la soupe.

J'aimerais admirer mon père. Qu'il soit mon héros. Mais non, la chose que fait le mieux mon père, c'est la soupe.

Je suis horrible, je sais.

LA SOIRÉE (1)

31 décembre du temps d'avant, 19h35

Maintenir le radeau dans la bonne direction.

Dans le bateau, j'ai un doute. J'ai froid, des regrets, je voudrais faire demi-tour. Leila doit le sentir, car elle prend ma main gelée dans les siennes qui, elles, sont chaudes et légères.

De la rive, on ne pouvait pas savoir. La mer semblait calme. Amie. C'était un leurre: elle est secouante, menaçante, toute noire avec des crocs blancs et ruisselants de bave. Elle écume de rage, griffe, mord le Zodiac!

Je n'en mène pas large. Bientôt Leila doit lâcher ma main, nous nous accrochons à ce que nous pouvons, la corde qui court sur les boudins.

L'avant du bateau se soulève au point que je n'aperçois plus la mer pendant quelques secondes – ce qui fait monter très haut le curseur de l'angoisse –, puis il retombe dans un grand fracas. Je DÉTESTE ça. À chaque coup, j'ai l'impression que mes vertèbres s'entrechoquent! Gaël, aux commandes, a du mal à se tenir debout. Les yeux fixés sur l'horizon tourmenté, les mâchoires serrées, il n'est pas du tout rassurant à voir.

Le trajet dure quarante minutes. Quarante interminables minutes. C'est la première fois que je fais la traversée de nuit, et surtout la première fois que je contourne l'île entière pour aller accoster au nord, là où les vagues sont terribles, là où tout le monde a une histoire de naufrage à raconter…

Ça y est, j'ai le mal de mer. J'ai envie de vomir, et c'est la seule chose qui me retient de gueuler au *creep* devant moi – que je ne connais pas – de s'asseoir et d'arrêter de gesticuler comme le grand con qu'il est. Il faut toujours qu'il y en ait un qui se croit plus fort que les autres.

Je suis morte de trouille. Je regrette à mort d'être venue.

À part le grand con qui fait semblant de trouver ça drôle, personne ne moufte. Alana a disparu sous son immense écharpe rose ; on la dirait engloutie par un Malabar géant. Matéo et Livia ressemblent à des statues de cire ; je leur crierais de respirer s'il me restait moi-même un peu de souffle. Quant à Boule, alias Timon, alias Le Charognard, il me coule des regards en douce. Au seuil de la noyade, il reluque encore, le gars !

Je pense à la maison. À mon départ précipité, ma crainte de rater le rendez-vous à l'embarcadère. J'ai filé à toute vitesse, à peine si j'ai embrassé mes parents et Gigi…

Mon Gigi… trop mignon !

– Dis Évy, c'est dans longtemps, Halloween ?

Il m'a posé la question dès son réveil, direct. Une vraie obsession, Halloween, pour ce gosse ! Allez savoir pourquoi.

– Ben oui, Gigi, puisque c'était il y a deux mois, c'est dans longtemps…

La réponse l'a déprimé. Alors cet après-midi, histoire de lui changer les idées, je lui ai présenté Karl, en douce ; et ensuite, parce que je le sentais toujours tristoune, je lui ai proposé de lui fabriquer sa tenue pour le prochain Halloween. Il en a été tout heureux.

On s'est bien amusés.

À l'heure qu'il est, Manon et Louise, les meilleures amies de Vilma et Denis, ont dû arriver. J'imagine la salle à manger, chaude et orangée, le brasillement des bougies, Gigi assis par terre (est-ce qu'il a gardé la passoire sur la tête ?) avec son copain Charlie. Je suis sûre qu'Alix, la grande sœur, est allongée à côté d'eux, occupée à lire un bouquin qu'elle aura piqué dans ma chambre.

Oh, pourquoi je ne suis pas restée avec eux ! Qu'est-ce que j'ai à toujours avoir envie de me barrer ?

Mes parents m'ont autorisé cette sortie, finalement… avec la promesse de rentrer à 23 h 30 ! J'ai promis, mais c'est absurde… Comment pourrais-je rentrer ? Je serai sur un îlot, avec des gens qui seront tous bourrés. Personne ne pourra me ramener. Mon plan, donc : appeler les parents à 23 heures pour leur expliquer que je suis à Bréhat, en sécurité, et que je prendrai la navette de 10 heures le lendemain.

Je ne veux pas non plus qu'ils s'inquiètent – mais ils me mettent dans une situation intenable ! Sérieusement, je ne vais pas passer ma jeunesse enfermée à la maison. Et je ne peux pas rentrer à la nage !

L'ambiance à la baraque était pourrie, pendant les vacances… En grande partie à cause de moi, j'avoue. Parce que ça me stressait de leur cacher que j'avais installé Karl dans la grange d'Arthur ; je leur en voulais de m'obliger à leur dissimuler des choses. Et puis, à cause de cette soirée à laquelle j'ai bien cru, jusqu'au dernier moment, qu'ils m'interdiraient d'aller.

C'est finalement Denis qui m'a aidée, comme toujours. Vilma est tellement à côté de la plaque… Rien de ce qui est important pour moi ne l'est pour elle. J'ai expliqué à mon père que c'était Fred qui organisait la soirée. Là, j'ai marqué un point. Et quand Vilma m'a demandé pourquoi je tenais tant à aller à cette fête, je ne me suis pas dégonflée. Je l'ai regardée dans les yeux et je lui ai dit :

– Parce qu'il y a un garçon, Benjamin, que j'ai envie d'embrasser.

J'aurais pu ajouter : *Parce que quand je pense à lui, mon cœur bat comme un fou. Parce que j'en mourrais si d'autres filles passaient cette soirée avec lui et pas moi. Parce que c'est peut-être notre dernier réveillon s'il part loin l'année prochaine, puisqu'il parle de faire un tour du monde.*

Et bien d'autres choses encore. Mais la plupart du temps, si elle est sincère et bien tournée, une seule phrase suffit à ma mère. Elle a compris que je disais la vérité. Si un jour vous rencontrez Vilma, sachez-le : il est inutile de lui mentir ; elle ne vous le fera pas remarquer, mais vous ne l'intéresserez plus. Déjà que vous ne l'intéressiez pas beaucoup…

Le lendemain de cette conversation, au petit déjeuner, mes parents m'ont dit :

– C'est d'accord pour ta soirée.

C'était drôle parce que, pour la première fois de ma vie, cette autorisation ne m'a pas fait sauter de joie. Elle avait été trop pénible à obtenir. Au fond, je m'en foutais qu'ils m'autorisent ; ce que je voulais, c'était qu'ils me comprennent. Mais ça, c'était pas possible, apparemment.

De toute façon, j'y serais allée. J'aurais fait le mur, j'aurais fait n'importe quoi. Qui étaient-ils pour avoir des droits sur moi ? Une mère lointaine et un père dont je ne porte même pas le nom !

Leur accord me simplifiait la tâche, voilà tout. Il ne restait qu'un petit mensonge, puisque je n'avais pas précisé que la fête se tenait sur un îlot sauvage. Mais ce n'était qu'un tout petit mensonge, très bien caché : même Vilma ne l'a pas vu.

On est tout près d'accoster. Il fait très sombre, mais ça ne va pas durer. La lune n'est pas loin, encore basse, planquée derrière une brume épaisse. On en aperçoit le halo roux à la faveur des mouvements de nuages. Dès qu'elle montera, elle pâlira et sera plus lumineuse. Elle est pleine, ce soir. Il ne peut rien m'arriver. Je suis un loup-garou, ha ha.

Le grand *creep* devant moi s'est calmé après s'être pris une vague en pleine face. Il est rincé, bien fait pour lui : je déteste les mecs qui surjouent la gaieté. Cramponné à son sac à dos, il ne bouge plus.

Pauvre mec. J'ai hâte de voir Benjamin. Lui ne se comporterait jamais de cette manière stupide.

Benjamin… Il est si beau.

Mais Benjamin n'est pas que beau.

Il est grand – plus grand que moi –, il a des cheveux qui évoquent un soleil doré, une peau cuivrée, une seule fossette, des yeux vert d'eau… une eau calme et profonde.

Benjamin *est* calme et profond. Il est tellement mûr, rien à voir avec le *creep* local.

C'est le mec le plus populaire du lycée. Mais pas parce qu'il fait le con comme les autres ; plutôt parce que tout le monde le respecte. Je crois que c'est parce que lui-même respecte tout le monde, les faibles autant que les forts : Joël, le fils du postier ; Timon – qu'il doit être le seul à ne pas appeler « Boule » –, celui du directeur du Crédit Agricole ; Alana, dont les parents tiennent le grand magasin de déco de Saint-Brieuc ; Mathilde et Brice, les gosses de la ferme ; Matéo, le fils du troubadour qui se prend pour une rock star, et Livia, sa copine groupie ; ou encore moi, la fille du délégué vétérinaire et de la psy pour chevaux.

Benjamin est poli, et cela le distingue de la plupart des gens ici… y compris de moi. En fait, Benjamin me donne l'impression que je serais meilleure si nous étions ensemble. S'il s'intéressait à moi. Mais d'ailleurs, il faut que j'arrête d'en douter : il *s'intéresse* à moi !

J'aimerais tant qu'il me prenne dans ses bras. Il ne pourrait rien m'arriver de grave si j'étais avec lui. Je crois que je serais moins fofolle, plus raisonnable. Que j'aimerais mieux mes parents, que j'aimerais mieux ma vie…

À mes yeux, Benjamin a longtemps été « imprenable ». Tellement plus d'envergure que moi. Benjamin, c'est sûr qu'il ne restera pas ici, dans ce trou paumé. J'aimerais bien partir avec lui, l'année prochaine. Il avait une copine, une fille de Brest venue s'échouer un temps dans notre trou, mais elle est repartie l'été dernier. Une meuf filiforme avec une frange… Et la preuve que Benjamin n'est pas comme les autres, c'est qu'il est resté avec elle pendant deux ans. Ça montre bien son niveau de maturité.

Moi, j'ai embrassé quelques garçons mais je n'ai jamais éprouvé quoi que ce soit d'extraordinaire. De la curiosité surtout, du dégoût quelquefois.

Je n'ai pas fait grand-chose non plus. Ici, les garçons parlent beaucoup mais ils ne sont pas si téméraires avec le sexe. À une époque, je me suis imaginé que Boule me plaisait un petit peu. Il était un peu moins *creep* que les autres, sa sensibilité m'a touchée. Bref on s'est roulé des pelles et il a mis sa main dans ma culotte. On s'est beaucoup caressés. J'avais une excitation qui grandissait et, d'une certaine manière, je voulais aller plus loin – quelque chose m'a retenue.

Rétrospectivement, je crois que c'était de penser à Benjamin. J'ai réalisé que Timon n'était pas Benjamin. Aussitôt, je lui ai demandé d'arrêter et je suis rentrée en courant à la maison. J'avais envie de pleurer. L'amour, c'était nul si ce n'était pas avec Benjamin.

Depuis cet épisode de la main dans la culotte, je n'ai plus embrassé de garçon. Là, je sens bien que Boule me tourne autour telle une mouche sur une charogne, parce qu'il voudrait finir ce qu'il a commencé... mais pas question ! C'est pas pour rien qu'avec Leila, on l'a rebaptisé « Le Charognard ». *No way.*

On y est : le Zodiac a beaché. Bizarrement, il y a eu un moment mort juste après que le bateau s'est immobilisé. Comme mus par un accord tacite, on est tous restés silencieux. Cela n'a pas duré plus de quelques secondes, mais enfin, elles ont existé.

Je ne sais pas exactement ce qu'il s'est passé. Peut-être le visage qu'a soudain eu la plage à ce moment-là. Quelque chose nous a fait taire. Quelque chose nous a glacés. Le silence régnait, nous donnant la sensation, fugace mais intense, que nous étions des intrus ici...

La forme des rochers s'est faite menaçante. Ça n'allait pas. Les hautes roses trémières gardaient leur couleur de sang séché dans le soir en noir et blanc, alors qu'elles auraient dû être englouties par l'obscurité. Les algues immenses couraient sur le sable telles des tentacules n'attendant que nos chevilles pour s'y enrouler et nous traîner dans Dieu sait quel trou de l'horreur...

Et puis... des notes de musique se sont fait entendre... *Things gonna be alright...* Un nuage s'est effacé pour laisser un peu de place à la lune ; alors les traits de la plage se sont adoucis, elle nous accueillait.

Things gonna be just fine, chante Jain.

D'un coup, Lukas et Ludo sont là, venus nous accueillir sur la plage avec la musique derrière eux qui hurle à fond dans leur enceinte.

– Salut, la compagnie ! *Welcome to the party !*

Yesssss! Leila me prend la main, on descend du bateau et tout le monde met le pied sur l'île. Il fait doux, la fête va être démente... et riche en émotions, puisque, d'après les jumeaux, il devrait y avoir des surprises.

If love is around.

La marée est basse, et nous devons repérer les cailloux et les zones d'algues séchées pour ne pas trop patiner dans la vase afin de rejoindre les rochers. Moi, j'essaie surtout d'épargner mes toutes nouvelles bottines.

Finalement, on atteint le rivage sans encombre en suivant les garçons. Encore dix, douze pas sur le sable, puis on s'engage sur un chemin étroit qui mène à une route goudronnée. Derrière moi, j'entends le grand con de tout à l'heure donner des coups de pied dans le sable en ricanant bêtement. Quel crétin, décidément...

La première fois que je suis venue sur cette île, c'était avec mes parents. Papa avait loué un vélo et installé Gigi, deux ans, dans une carriole à l'arrière. Je pédalais devant à côté de ma mère, chacune sur notre bicyclette. On avait fait un pique-nique et je m'étais fait crier dessus par Papa parce que j'étais partie loin dans les rochers et qu'il avait eu peur de la marée. Vilma n'avait rien dit. En rentrant, elle m'avait même félicitée ; elle trouvait que je m'en étais « très bien sortie, un vrai cabri ! »

Je me souviens que dans sa carriole, Gigi me regardait avec ses grands yeux pleins d'amour. Ces yeux-là me donnent envie d'aimer la Terre entière. Même mes parents.

Leila m'envoie un petit coup de coude.

– Tu te souviens ?

Elle me montre du doigt un panneau qui indique « le phare du Paon ».

Tu parles que je me souviens. On avait une douzaine d'années. Ça devait être LA sortie scolaire de l'année. Un cauchemar, en fin de compte : il avait plu la moitié du temps et l'autre moitié, on avait bataillé contre un vent furieux.

Les accompagnateurs s'étaient pris la tête parce qu'ils n'étaient pas d'accord sur ce qu'il fallait faire. Celui qui avait la plus grande gueule – Monsieur Quinton, notre prof principal(ement con), partisan du « *Maintenant qu'on est là, on ne va pas repartir* » – avait fini par gagner. Toute la classe s'était donc envolée en haut de l'église Saint-Michel puis du phare du Paon, les deux excursions principales au programme. Monsieur Quinton voulait contre vents et marées l'appliquer à la lettre alors que la météo en avait après nous de façon évidente…

Tout en haut du phare, on ne pouvait même pas tenir debout !

En revanche, c'est vrai que c'était un ballet de gris merveilleux. Des rafales à cent-dix convoquaient tous les horizons, les courants se disputaient les nuages et les oiseaux de mer se laissaient glisser le long de toboggans imaginaires avant de repartir de plus belle dans des vols presque orbitaux… Bien qu'habituée des tempêtes – qui peuvent être violentes jusque dans les terres –, je me repaissais de ce spectacle sauvage qui se donnait au bord du monde.

Au retour, il a fallu bien s'accrocher à la rampe pour redescendre les marches. Je ne quittais pas des yeux les vagues virulentes, féroces, vertes de rage et qui ne voulaient qu'une chose, j'en étais sûre, attraper l'un des gosses que nous étions. Je leur aurais bien envoyé

Monsieur Quinton, pour ma part. Ç'aurait été un sacrifice utile.

Il y a trois ans, avec Leila et ma famille, nous y avons passé une journée bien différente. Plombés de soleil dans nos shorts et maillots, nous nous sommes promenés partout, arpentant les sentiers douaniers, explorant le Bourg, longeant les murs de granit rose qui contenaient, non sans mal souvent, des jardins débordant de fleurs de saison, agapanthes et hortensias, capucines, marguerites, et au creux desquels nichaient les plus mignonnes pâquerettes des murailles.

Ce n'était pas la même île. Les lieux sont pareils aux gens, ils cachent des colères, des gouffres insoupçonnables sous des parfums de roses. Belle phrase non ? On dirait du Francis Cabrel. Lol.

Things gonna be alright.

Nous dépassons les masses sombres de maisons plongées dans le noir. Personne sur les sentiers. On pourrait se croire seuls au monde. Je me sens bien, si bien que j'accepte de tirer une taffe d'un joint qui passe, juste pour ne pas dire non.

Leila danse sur le chemin. Elle est trop belle ; je sors mon appareil photo. Mon âme brûle d'amitié pour elle. J'appuie sur le déclencheur et puis je danse aussi, au rythme des battements de mon cœur à qui je dois demander de se contenir. Benjamin est au bout du chemin.

Depuis qu'il s'est séparé de sa petite amie frangée, je ne l'ai vu avec personne. Il est resté bien sage avec sa bande de copains. Et puis, chose incroyable, il y a un mois il s'est aperçu de mon existence. Il ne m'avait quasiment jamais parlé et voilà que, du jour au lendemain, il m'appelle par mon prénom, me demande mon avis sur à peu près tout et n'importe quoi... Je ne sais toujours pas comment je fais pour répondre avec calme, alors qu'à l'intérieur de moi, c'est *fire*, alarmes, incendie, pompiers, et tout et tout. De glace, la meuf. Même Leila, même Inès – une autre amie pourtant bien langue de p... – ne se sont aperçues de rien. Fière de moi j'étais !

En revanche, dès que je me retrouvais seule, par exemple dans ma chambre ou dans le bus scolaire, je cessais de me retenir. Là, je repensais à ses regards sur moi, re-détaillais chacun de ses gestes, chacune de ses paroles et j'y découvrais après coup de délicieux sens cachés, des sous-entendus subtils, des silences suaves.

Amoureuse, moi ? Non non ! Bien plus que ça ! C'était une vie entière qui se déployait devant moi. Je nous voyais habitant à Londres, avec nos deux enfants tellement chics. Lui, en costume – superbe – m'embrassant au retour de son travail et moi, bossant à la maison sur des photographies qui feraient la couverture du *Time*, voyons grand ! On serait assez riches pour faire venir nos parents à Noël et on ferait des réveillons *so british*, tous réunis autour du *Christmas tree*.

Évidemment, j'avais voyagé loin dans le temps et je me sentais un rien désemparée, le lendemain, quand je le retrouvais en jean troué et baskets, entouré de sa bande de nazes, sous le préau de la cour de récré. Je n'étais plus très sûre que le costume que je lui avais taillé dans mes divagations soit à sa mesure... Et puis, j'osais à peine lever les yeux vers lui : j'avais trop peur qu'il ne devine ce à quoi j'avais rêvé et qui aurait paru absurde à n'importe qui.

Alors, pour ne pas l'effrayer, je reprenais ma posture froide et hautaine.

Avec quand même quelques petites chaleurs dans l'œil, rien que pour lui.

Bon, c'est un calvaire, ce chemin. Il faut crapahuter sur un tertre de vingt mètres, voir déguerpir soixante-douze lapins au moins – jamais vu autant de ces bestioles, c'est ouf –, redescendre, s'enfoncer dans des bosquets bourrés de ronces, tracer ensuite au milieu des roseaux – et tout ça dans une nuit encore bien noire, mais que fait la lune ? – pour qu'apparaisse enfin, au loin, une grande crique de sable et de gros cailloux ronds. C'est de là, si j'ai bien compris, qu'on va prendre un radeau pour rejoindre le lieu de la fête. Heureusement, la musique nous aide à ne pas trop flipper. Les garçons chahutent en tête de rang ; nous les filles, derrière, on chante et, de temps en temps, on fait exprès de se coller la trouille... et ça marche !

On dirait qu'il y a une belle complicité entre nous toutes, même avec cette meuf pleine de boutons qui doit être une cousine de quelqu'un venue là pour les vacances, et même avec d'autres que je connais très bien et qui ne sont pas ma tasse de thé d'habitude – mais bon, on est du même bahut, larguées en territoire lapin, alors on se serre les coudes et on devient les meilleures amies du monde !

Le grand con inconnu me gonfle toujours un peu avec ses gloussements idiots, mais ça va, je supporte.

À la lisière de la crique, une silhouette assise sur un rocher se découpe sur le granit rose. Lukas lui fait un signe. La silhouette se déplie et s'approche de nous en tirant un radeau sur le sable.

C'est un jeune mec mais, bizarrement, habillé en soldat anglais du dix-huitième : on dirait un personnage de *Pirates des Caraïbes* !

Ludo nous dit qu'on fera les présentations plus tard, il ne faut pas tarder, la mer monte et le courant est très fort par ici. Leila et moi, on regarde le « soldat », toutes prêtes à le vanner... sauf qu'en voyant son visage de plus près, on ne dit rien et on manque défaillir tellement il est sexy ! Will Turner dans le costume du capitaine Norrington ! *Crazy*. Pas aussi beau que Benjamin, faut pas pousser quand même, mais vraiment pas mal.

On se regroupe sur le radeau, debout. Sur le coup, j'ai un peu peur qu'on chavire parce qu'on est tous assez excités maintenant, sans parler du grand con, mais je me rassure en constatant que l'eau ne monte qu'aux mollets du capitaine Turner et de Ludo, qui tirent le radeau en douceur pour qu'on ne soit pas mouillés.

– Doucement..., murmure le capitaine.

La manche de son costume remonte au-dessus de son poignet et dévoile un tatouage, une salamandre, qui semble se faufiler sous sa chemise. On se regarde tous, ravis de ce début de soirée auquel ce personnage donne une touche de fantaisie supplémentaire. Je ne regrette plus du tout d'être là !

Entre deux frissons, je regarde la ligne de démarcation de la marée sur la tourelle de béton gris et rouge que nous croisons : elle est au moins à deux mètres au-dessus de nous. À marée haute, il faudrait des pagaies. Je n'en vois pas – mais de toute façon, on n'en aura pas besoin : on est là pour la nuit, la mer aura bien le temps de redescendre.

C'est joli de se dire qu'on achève cette année emportés par la mer et que la prochaine marée nous jettera dans la nouvelle année...

On accoste au bout de dix minutes. Ouf! À un moment, j'ai eu l'impression que Ludo et le capitaine avaient du mal à maintenir le radeau dans la bonne direction à cause du courant, mais ils ont tenu bon.

– Bienvenue sur l'îlot Deroch! s'exclame Ludo.

L'îlot Deroch? Première fois que j'entends ce nom.

– OK, tout le monde descend! enchaîne Lukas.

Vite! Rejoindre le lieu de la fête pendant que les jumeaux et le capitaine repartent chercher d'autres potes!

On escalade un tertre surmonté d'un petit moulin dont il ne reste que les murs.

Arrivée là-haut, je dois m'y appuyer pour ne pas tomber de surprise en apercevant le décor en contrebas.

– Wa-hou! s'exclame Livia, saisie.

Je souris tout en attrapant mon appareil photo.

– Wahou!! hurle-t-elle encore plus fort après avoir repris ses esprits. C'est putain de beau!!!

Moi, j'appuie sur le déclencheur.

C'est vrai que c'est éblouissant. Les jumeaux et Fred ont bien fait les choses. Le bâtiment est placé dans un cratère, ce qui explique pourquoi il était absolument invisible jusqu'à présent. C'est une énorme bâtisse de deux étages qui doit avoir été laissée à abandon depuis des lustres. Les garçons ont apporté des meubles, des chaises de toutes sortes, des petites tables, et même une armoire dont une des deux portes est sortie de ses gonds. Et aussi, et surtout, des lampes à énergie solaire qui luisent dans tous les coins et d'autres à LED, sans fil, disposées un peu partout!

Ils ont aussi gonflé de gros ballons blancs qui font de majestueuses pleines lunes quand ils sont éclairés par les différents luminaires. Fantomatique... Limite angoissant, mais extraordinaire. Je comprends ce que voulait dire Fred quand il me disait que je m'en souviendrais toute ma vie : ils ont carrément bossé pour que cette soirée soit inoubliable !

Dans les enceintes, les basses entament leur travail d'envoûtement. Je suis stupéfaite par la beauté du site. Cela dit, passé le moment d'émerveillement, je n'oublie pas de chercher l'essentiel : Benjamin.

J'ai le réflexe de sortir mon téléphone, pour vérifier si un quelconque message ne va pas m'apprendre qu'il ne viendra pas, pour une raison ou pour une autre. Mais j'ai à peine le temps de le prendre en main que l'écran s'éteint. Plus de batterie ?... Ça, c'est de la faute de Gigi ! Il me l'a piqué tout l'aprèm.

Bon. De toute façon, il n'y a pas de réseau. J'ai juste eu le temps de voir un appel en absence de Vilma. Est-ce qu'elle m'a démasquée ? Déjà ? Bah, j'aurai bien le temps de me faire engueuler demain.

Fred vient à notre rencontre, vêtu des pieds à la tête en mode « tenue de camouflage ». Il checke le grand con et le gratifie d'un salut affectueux.

De mon côté, je sursaute : je viens de me rendre compte que j'ai complètement oublié de nourrir le chien. Pire, le bol de croquettes est resté sur mon bureau ! Merde... Si les parents le trouvent, je vais prendre cher. Bon, en même temps, je voulais justement emmener Vilma et Denis à la grange demain... ce sera l'occasion de tout révéler. Karl va déjà beaucoup mieux, il est presque présentable.

– Vous avez fait connaissance ? demande Fred en tirant le grand con derrière lui. C'est Brendan, mon cousin.

Ah, d'accord... Pour rester polie, je ne dis pas : « *Oui, Fred, on a fait connaissance en effet, et tu peux te le garder, ton cousin !* », mais :

– Ouais, t'inquiète. Dis donc, c'est trop beau ce que vous avez fait.

Tout fier, Fred nous propose de nous faire visiter les lieux. La fille boutonneuse, qui s'avère être la fille du nouveau beau-père de Matéo, hoche la tête, enthousiaste. Nous dévalons le talus en direction du bâtiment principal, une maison en L avec sa grange et, plus loin, un long préau sous lequel sont montées trois tentes.

Nous ne sommes pas les premiers ; je repère des visages, pour la plupart connus. Evan, Rozenn, Nolwenn, Inès, Joël, Brice, Mathilde et quelques autres nous emboitent le pas pour la visite. Je ne vois ni Benjamin ni Arthur.

Fred avance en balançant à gauche à droite une énorme lampe torche.

– Suivez le guide…

La partie la plus longue de la bâtisse est constituée par la grange. Au sol, une grande dalle en béton fera office de *dance floor*. C'est à son plafond, dont on aperçoit l'ossature de poutres en bois à quelque huit mètres de hauteur, que se balancent les grosses lunes de baudruche. Au fond, un bar fait de bric et de broc, de palettes et de barriques. Il y a deux grandes poubelles en plastique remplies de glaçons au milieu desquels surnagent un maximum de canettes de *Némo*, *Heineken* et autres bières – mais aussi des bouteilles de whisky, de gin, de coca, de jus.

On y plonge les nôtres (pour ma part, une bouteille de Champagne que mon père m'a donnée). À gauche du bar : un couloir barré par du gros scotch de balisage jaune et noir. Derrière, on aperçoit l'escalier qui mène aux étages ; il est condamné par une grille en fer.

– Interdiction de passer par là, dit Fred. Le plafond est déjà un peu écroulé, c'est pas *safe*.

Il dirige sa torche vers le haut et nous pouvons voir des poutres coupées en leur milieu, comme des fractures dont jailliraient les bouts d'os. Je fais la grimace.

Leila s'en amuse : elle sait que je suis trouillarde et que ce genre d'image suffit à me foutre les jetons.

Ben oui, ma cocotte, je lui dis du regard, *cette soirée n'est pas la plus rassurante qu'on ait connue…*

Mais quel kif ! me répond le sien, plein de joie.

C'est vrai, j'acquiesce… *Exquis, ce petit frisson d'adrénaline…*

Parce qu'on y pense tous, n'est-ce pas ? Au risque, à l'accident fatal. Après tout, qui décide du moment où une poutre cède et où le plafond s'écroule ? Certainement pas Fred, malgré toute sa rigueur militaire.

Leila me sourit, prend ma main et m'embrasse sur la joue. *Things gonna be alright.*

Nous sommes maintenant dans ce qui devait être la maison principale. Le couloir condamné mène à une pièce qui fut peut-être une grande bibliothèque, ou bien la pièce à vivre de cette demeure ; on fait le tour par l'extérieur pour la rejoindre. Là, ni livres ni table à manger, bien sûr, mais une cheminée majestueuse dans laquelle on pourrait tenir debout.

– C'était quoi, cette maison ? je demande à Fred, après avoir pris quelques clichés.

Il ne me répond pas. Au lieu de ça, il braque sa torche vers le haut, histoire de nous montrer qu'ici, pas d'inquiétude à avoir sur le plafond : il n'y en a plus. Depuis le sol, on a vue directement sur les étoiles.

La pièce est immense, au moins quatre-vingt mètres carrés, et il faut faire gaffe quand tu marches parce que le sol est plein de cratères et d'obstacles comme si une bombe y avait explosé. La bombe du temps qui passe.

Sur le béton, des restes de carrelage pointent, déformés par les racines des arbres alentour engagées dans un processus d'absorption du bâtiment. Le lierre s'étend à l'intérieur, tissant une tapisserie naturelle qui monte sur deux étages, jusqu'au toit. L'ingestion est lente, mais inéluctable…

Je prends encore quelques photos. Un jour, il ne restera plus rien de cet endroit. Tout sera englouti. L'homme se croit très fort, mais le plus fort des hommes est moins fort qu'un lierre grimpant ! Voilà la vérité. Ça calme, non ?

Fred nous fait signe de le suivre. Je lui emboîte le pas – j'ai pas trop envie de me retrouver seule à la traîne. Leila est derrière moi, suivie du reste de la troupe.

Nous enjambons une fenêtre. Quand on est passés de l'autre côté, Fred se tourne vers moi.

– À l'origine, c'était une sorte de clinique spéciale. On y mettait les fous. Enfin, ceux qu'on déclarait être fous il y a cent ans. On faisait des expériences sur eux. C'était assez gore. Du genre lobotomie transorbitale avec pic à glace… Les patients n'étaient pas endormis, naturellement, sinon c'était pas drôle.

Exclamations horrifiées de tous, sauf de Leila que ça fait rire. J'attrape Fred par le bras.

– Tu déconnes ?

– Pas du tout. La clientèle était principalement constituée de zouzs dans ton genre… et de gays dans le tien, lance-t-il à Brice. Il fallait faire rentrer tout le monde dans le rang !

Il se rengorge, ravi des haut-le-cœur qu'il provoque…

– Pffff, ha ha ha, je déconne !

– Hein ?
– Sérieux ?!
– Mais oui… C'est pour vous faire un peu flipper, hé hé !
Je ne peux m'empêcher d'être soulagée.
– Oui, enfin, la vérité n'est pas beaucoup plus belle, s'exclame la fille boutonneuse.
C'est dommage, toute cette acné, parce qu'elle a plutôt un joli visage. Bras croisés sous la poitrine, elle mâche bruyamment un chewing-gum avec l'air de quelqu'un à qui on ne la fait pas. Son attitude désinvolte est-elle destinée à faire oublier ses boutons ? J'aurais tendance à penser que oui. Est-ce que ça marche ? J'aurais tendance à penser que non.
– Mon père est architecte, il a fait des recherches sur les bâtiments de la région et il m'en a parlé. En fait, c'était un abattoir sauvage et sophistiqué, dit-elle.
– Quoi ?! s'exclame Nolwenn.
– Ouais. Y avait un type, ici… Il abattait des animaux. C'était à la fin des années 90.
– Mais comment ça, sauvage *ET* sophistiqué ? insiste Nolwenn. Je capte pas, qu'est-ce que ça veut dire ?
La boutonneuse fronce le nez, victorieuse.
– Sauvage parce que c'était pas déclaré. Sophistiqué parce que, si le type pratiquait des tarifs plus qu'avantageux, c'est qu'il en tirait un certain… bénéfice personnel, disons.
– Ah bon ? Mais quoi ?
– Du plaisir, dit-elle d'une voix soudain basse. C'était un vrai taré, il adorait charcuter les bêtes ! Et il était bien équipé, d'après ce que j'ai entendu.
Petits remous dans l'assistance.
– Mais… qui aurait laissé faire ça ?

– Des gens que ça arrangeait. Il abattait pour pas cher… Il faisait venir les bêtes par la barge. Il les parquait dehors, enchaînées. Il était seul ici et pouvait leur faire subir l'enfer sans que personne n'y trouve à redire.

Elle mâche et remâche son chewing-gum bouche ouverte, comme si son plaisir à elle, c'était de nous raconter cette histoire immonde. Moi, j'ai une pensée pour les chevaux recueillis par ma mère.

Leila secoue la tête, sortant tout le monde de la torpeur :

– Vachement crédible, ton truc ! se moque-t-elle. En gros, c'est un remake de *Massacre à la tronçonneuse*, mais avec Babe le cochon, quoi ?

Certains commencent à se détendre, mais Boule prend la parole à ce moment-là :

– J'ai… Moi aussi, j'ai entendu parler de cette histoire… On m'a dit que si personne ne disait rien, c'est aussi que le type faisait partie de la famille du maire, je crois…

– Ouais, ou du député, rebondit Miss Hollywood chewing-gum, qui fait style je suis bien renseignée.

Inès réprime un frisson.

– Ça paraît fou, non ? Si près de chez nous ? J'y crois qu'à moitié…

Là, il y a un long silence… et même si ça m'embête de participer au flip général, je ne peux pas m'empêcher de mettre mon grain de sel :

– Je crois que les chevaux de ma mère ont failli être victimes de ce gros taré. Je suis pas sûre, mais elle m'a raconté un truc dans le genre…

– C'est moche…, dit Fred. Des choses horribles arrivent à côté de chez nous. On n'a pas idée.

– Il paraît que certains soirs, on entendait beugler les bêtes jusqu'à la côte ! insiste Bubble Girl (ça y est, je tiens son surnom).

– Oui, bon ben ça va comme ça ! T'as décidé de nous gâcher la soirée ou quoi ? s'exclame Livia en fusillant Bubble Girl du regard.

Là-dessus, Matéo – peut-être pour rassurer sa copine – nous explique que c'est n'importe quoi tout ça, des racontars sans intérêt, des bêtises. Que les seuls animaux qu'il y ait jamais eu ici, ce sont des crabes.

– Allez : à la rigueur, quelques lapins courageux qui ont tenté le passage lors de grandes marées, peut-être poursuivis par des rats aussi gros qu'eux... mais des moutons ou des vaches, ça, jamais ! De toute façon, il les aurait parqués où, les grosses bêtes ? Sur les rochers ?

– Y a une petite forêt, pas loin, lui répond Inès, qui a le souci de l'exactitude.

Bubble Girl fronce à nouveau le nez.

– Je sais ce que je dis. Il s'est passé des trucs horribles avec des animaux ici, persiste-t-elle.

– Et moi, je crois qu'elle a raison, renchérit Boule. On n'aura qu'à demander à Lebeuf, il doit être au courant.

« Lebeuf », comme il dit, c'est Jacques Lebeuf, notre garde-champêtre. C'est le représentant de la loi dans notre village. Un bonhomme dont le sourire est un secret bien gardé par une épaisse moustache... Ma mère le connaît bien, ils ont le même âge, ils ont été à l'école ensemble.

Bon. Moi, je ne suis pas fan des animaux torturés ni même des rats gros comme des lapins et j'aimerais bien passer à autre chose. Leila me capte, alors elle fait diversion :

– Ça appartient à qui, maintenant ?

– On a loué l'endroit à un type qui veut qu'on l'appelle « Le Lord », répond Fred. Sa famille a racheté l'îlot Deroch il y a dix ans, ils voulaient y faire construire une ferme bio et autosuffisante… Sauf qu'ils n'ont toujours pas les permis de construire. Alors, en attendant, le lieu se dégrade. Le Lord gère l'intendance, les locations…

– Il vit là, ton Lord ? je demande. Sur l'îlot ?

– Ben non, réfléchis, tu peux pas vivre ici, y a rien. Je sais pas où il vit. Saint-Bé, je crois. C'est pas un bavard. Mais il est marrant. Et musicien ! C'est lui notre DJ pour la soirée. Vous l'avez forcément remarqué, avec son costume de pirate !

On se regarde avec Leila. Tu parles qu'on l'a remarqué !

Leila me fait un clin d'œil. Je ne sais pas pourquoi : si quelqu'un ne saurait être intéressé par Le Lord, c'est bien moi et elle le sait, non ? Enfin, elle doit s'en douter ? Le Lord, je le lui laisse !

Moi, mon cœur est pris. Benjamin est mon rhume, ma fièvre, ma maladie.

À ce moment-là, Brendan – le cousin débile de Fred – sort du silence où il avait eu l'amabilité de se faire oublier depuis un petit moment.

– En tout cas, les filles, n'ayez peur de rien : avec moi, vous êtes en sécurité !

Et sur ce, il extirpe de son sac à dos un énorme pistolet noir, lourd et impressionnant. Fred s'énerve direct :

– Putain Bren, t'es relou, je t'avais dit de ne pas l'amener !

– Hey ! Calme-toi cousin, respire… Il est à air comprimé. C'est du dissuasif, tu vois. Mais c'est bien de l'avoir.

– Je sais très bien ce que c'est. Et je sais que ça peut faire très mal, ces trucs, alors tu le ranges et tu le sors plus, vu ?

Brendan s'exécute en grommelant :

– Ça va, ça va. Tu gâches l'ambiance, gros.

Putain de *creep*.

Allez ! C'est bien beau, ce tour des lieux mais je n'en retiens qu'une seule chose, c'est que « *the man I care about* » n'est pas encore arrivé.

Je propose à Leila de fausser compagnie au *tour operator* Fred, histoire de découvrir un peu par nous-mêmes.

– OK, me chuchote-t-elle, viens, par-là…

Elle allume la lampe de son téléphone et on s'esquive toutes les deux. En longeant le mur sur la droite, on devrait revenir à notre point de départ. Je perçois un bruit de clapot au loin… Si mes calculs sont bons, ce doit être le large, par là-bas. J'escaladerais bien le talus pour aller voir le rivage, mais Leila n'est pas chaude. Elle veut danser, pas jouer les exploratrices !

On rejoint la grande dalle.

Mais d'abord, on passe jeter un coup d'œil aux tentes sous le préau. Il y en a trois, deux petites et une grande. On entre dans une des petites, qui peut abriter cinq ou six personnes. Elle contient des sacs de couchage et des bouteilles de propane prévues pour chauffer l'intérieur. On s'assoit une seconde, le temps que Leila roule un pétard.

– Il te plaît, le Lord, non ? je lui lance en m'asseyant (façon de mettre les choses au point au passage sur mes propres ambitions de la soirée – même si je doute que ce soit très nécessaire car Leila me connaît par cœur, mais bon !)

En réponse, Leila se contente de hausser les épaules. Elle n'a pas d'amoureux et, prétend-elle, n'a pas prévu de « s'embêter avec ça » dans l'immédiat. Elle veut être libre…

– … et l'amour, ça enchaîne.

Alors là… je ne suis pas du tout d'accord ! En plus, c'est trop dommage, elle a un max de succès.

Enfin, c'est son choix. Certaines filles, jalouses d'elle, disent que Leila aime les filles, en fait. Je ne crois pas que ce soit vrai. Après tout, je suis sa meilleure amie : je le saurais. On a eu ce baiser lors d'un après-midi essayage de rouge à lèvres, mais ce n'était qu'un jeu...

Cela dit, on n'en a jamais vraiment parlé. Je la regarde, là, en train de rouler son pét', et je me dis que oui, après tout, pourquoi pas. De toute façon, Leila aime tout le monde. Et puis, on s'en fout, non ?

– Allez, on rejoint les autres ! elle décrète après avoir tiré deux lattes sur son joint.

Je me lève en souriant, la tête dans les nuages. Moi je suis sûre d'être hétéro, la faute à Benjamin.

Noboby's perfect !

Marée oblige, en moins d'une heure, nous sommes tous au complet. Benjamin est arrivé par le dernier bateau. Logique : c'est le héros, l'invité essentiel, le magnifique, le Gatsby ! Il ne va pas débarquer avec la meute, non, Benjamin, c'est celui qu'on attend, qu'on espère ! Il est juste sublime, et je craque complètement. On a *tellement* rendez-vous, ce soir !

Je me demande comment ça va se passer. Et où. Ce serait bien que ce ne soit pas trop tard, qu'on ait le temps de profiter un peu tous les deux de la fête, *en couple*. Je meurs d'envie d'avoir sa main dans la mienne et de me tenir dans le monde à ses côtés.

Faux, Ève ! Ce dont tu meurs d'envie, c'est qu'il soit dans toi. Qu'il cogne entre tes jambes, s'invite dans ton intimité. Que tu saches ce que cela fait d'être pénétrée. Qu'il te déchire et qu'il t'effracte. Tu en frémis d'avance.

Il est là. Il est là !

Arthur, mon vieux pote et meilleur ami de Benjamin, est arrivé aussi. Arthur et Benjamin sont aussi dissemblables qu'on peut imaginer. À la fois physiquement et intellectuellement. Arthur est une flèche : il domine tout le monde à l'école – mais toujours avec l'air de ne pas y toucher. C'est pour ça que les gens l'aiment bien. Ça, plus ses jeux de mots à deux balles. Comment quelqu'un d'aussi intelligent peut avoir un humour aussi pourri, mystère ! Il parle d'aller à Brest, faire Maths Sup.

Benjamin n'est pas aussi fort mais ça va, correct. D'une manière ou d'une autre, il n'y aura plus personne ici, l'année prochaine… Tout le monde sera parti se fabriquer une vie. Pour tous, c'est ça ou aller pointer chez les Le Guen, à l'abattoir, et qui a envie de ça ? Y a rien d'autre, dans le coin. On connaît bien l'endroit, la plupart d'entre nous y avons fait notre stage de troisième. Tu parles d'une tannée.

Moi, je ne sais pas trop ce que je vais faire encore. Il y a une école d'art à Brest, j'aimerais bien la tenter. Elle a une option photographie.

Benjamin, entraînant Arthur, s'approche en premier du groupe où je suis – ce que je prends pour un très bon augure. Il embrasse d'abord Leila, puis Rozenn, puis Alana et enfin moi, qui m'efforce de prendre l'air le plus cool du monde tandis que se projette sur mon écran intérieur la saison 1 d'une série *young adult* pas encore produite et qui peine à trouver les financements tellement elle est hot !

On échange quelques mots, *Salut, ça va ?* et un grand sourire complice, et puis Benjamin va saluer d'autres groupes. Arthur reste avec nous pour tirer quelques taffes du joint de Leila et sortir des blagues pas très drôles mais qui nous font rire tout de même. Nous sommes de trop bonne humeur…

Je commence un jeu du chat et de la souris avec les yeux de Benjamin.

QUELQUE PART ENTRE JANVIER ET OCTOBRE

Au temps présent, un matin

Tous mes jours se ressemblent.

After the road, after the rain
After bad dreams fell in your brain
After you said now and forever
After the questions no answer
After disaster

J'ai cette chanson dans la tête. Je ne sais pas de qui elle est.

Je n'arrive pas à ouvrir les yeux.

Je me sens comme dans un cocon.

Je suis un papillon dans une chrysalide.

Je suis indéfinie.

Je glisse entre les moi.

Je ne veux surtout pas ouvrir les yeux.

Finalement,

quand même,

je bouge bras et jambes ; je reconnais le moelleux du matelas de mon lit, la douceur du coton des draps et de la couette.

Je suis chez moi.

Tout va bien.

Non.

Non, tout ne va pas bien ! Je ne devrais pas être chez moi ! Je devrais être sous une des tentes chauffées au propane avec Leila. Avec Benjamin. Avec Arthur, Fred, Ludo, Lukas et les autres.

Ma tête…

Pourquoi je ne me souviens de rien ? Je ne me sens pas très bien. J'ai dû trop boire ; peut-être trop fumer. Comment est-ce que je suis rentrée ? Pas de sons, pas d'images dans ma boîte crânienne. Rien qui puisse m'aider à me souvenir.

Je tends l'oreille. La maison est silencieuse... Mes parents doivent encore être au lit. Je vais me rendormir un moment – quelle heure est-il? –, je cherche mon téléphone sur la table de nuit, il n'y est pas, je suis trop dans le gaz, je vais garder encore un peu les yeux fermés et,

quand je me réveillerai,

tout sera clair.

***

Ça va mieux. Sauf que je ne sais toujours pas l'heure qu'il est ; aucun signe de mon portable. Bon.

Je saute sur mes guibolles, j'enfile mes bottines chéries. Je les ai eues pour Noël. Mon seul vrai cadeau. Je les adore. La première nuit, j'ai dormi avec! Enfin, je me suis endormie avec et, au milieu de la nuit, je me suis réveillée pour les enlever, c'était pas très confort. Je les aime tellement que je les mets dès le matin avec mon pyjama, j'adore le look que ça fait. Stylée dès le réveil. Elles...

Il y a un problème.

Mes nouvelles boots sont abîmées!

Mais merde, comment c'est possible?!

De deux choses l'une: soit ce ne sont pas les miennes, soit il s'est passé de drôles de choses cette nuit. Qu'est-ce que j'ai bien pu faire pour qu'elles soient dans cet état?... Elles ne sont pas juste râpées ou tachées de vase, non, elles sont carrément usées. J'ai dû les échanger avec celles d'une autre fille, je vois que ça! Ou alors, elle me les a piquées? Quelle bitch a bien pu me faire ça?! Putain!

Bon. On verra plus tard. Première urgence, petit déjeuner et trouver mon téléphone. On est le 1er janvier, je dois avoir plein de messages ! Je jette un coup d'œil rapide dans le couloir, les portes des chambres des parents et de Gigi sont ouvertes, personne dedans.

OK, ça explique le silence. Ils sont levés et déjà partis. À la boulangerie ? Des croissants, ce serait canon.

Passons-nous en revue : est-ce que je me sens bien ? Oui ! Je ne me souviens de rien, mais je me sens bien. Et j'ai cette certitude que Benjamin et moi...

Dans la cuisine, légèrement flottante, je branche la bouilloire. C'est mon truc : le matin, je ne bois que du thé. À l'anglaise.

La bouilloire siffle sur une sorte de tempo et je bouge les hanches en rythme. Dès que mon thé est prêt, je m'enfouis dans le canapé et j'allume la télé. Allez, on se calme. Il est évident qu'après une bonne tasse de thé, la mémoire va me revenir.

Sous un coussin du canapé, je sens quelque chose de dur. C'est mon téléphone ! Voilà, les choses s'arrangent.

Mince... complètement déchargé. Ah oui, je me souviens : il était déjà déchargé quand je suis arrivée sur l'île. La faute à Gigi, qui me le pique dès qu'il peut. Il serait temps qu'il ait droit à son portable, lui aussi. Enfin, non, il est trop petit, n'importe quoi.

Je me demande de quelle façon je suis rentrée. En hélico ? LOL. Je branche mon tel et regarde sans la regarder une émission débile de 1er janvier. Je me sens débile, justement, alors c'est parfait. Débile et amoureuse. La vie est merveilleuse.

Chez lui, Benjamin doit dormir encore. J'imagine la forme de son corps sous le drap. Sa peau dorée comme un pain au chocolat sur l'oreiller blanc. Miam. Quelle heure est-il ? Je zappe sur une chaîne d'infos.

Oh, seulement onze heures ! Pas étonnant que je sois dans le brouillard. La soirée a dû être longue… J'appellerai Leila tout à l'heure, elle me racontera tout. Il a dû s'en passer, des trucs. C'est énervant tout de même, ce trou de mémoire.

À midi, je décide d'aller prendre une douche : j'ai besoin de me laver les cheveux. Même si je les trouve étonnamment… doux, pour des tifs qui ont vécu une soirée pareille. Est-ce que j'aurais pris une douche avant de me coucher ? On dirait bien.

Je reste longtemps sous l'eau, je me frictionne. Marrant, j'ai encore plus l'impression de sentir mes côtes que d'habitude. J'aurais maigri depuis hier ? C'est l'amour ! On oublie de manger…

Faut dire, je ne me souviens même pas de mon dernier vrai repas. Le goûter avec Gigi, je crois. Hier soir, j'étais si excitée que je n'ai rien pu avaler. Et si les garçons sont balèzes en déco, la bouffe n'est clairement pas leur truc. Toutes leurs fêtes sont à base de chips, doritos et bonbecs.

Je me souviens des ballons… C'était si beau…

Je revois aussi ce brouillard qui entourait l'île quand on est arrivés… Magique. Le problème, c'est qu'il s'est installé dans ma tête, maintenant !

Oh là, je suis crevée… Cette gueule de bois n'en finit pas…

Allez, retour au lit. Je me rendors dans mon peignoir, les cheveux mouillés – j'ai juste le temps de me dire qu'ils vont prendre un mauvais pli s'ils sèchent de cette manière, et puis encore de noter que je suis quand même sérieusement dans les vapes. C'est stressant car si ça se trouve, quelqu'un a mis quelque chose dans mon verre – mais qui aurait fait ça?! –, à moins que je n'aie été assez stupide pour prendre une pilule ou un truc du genre? C'est pas mon délire, pourtant…

Mais c'est sûr qu'il y a un truc qui cloche, là. Pourquoi mes parents ne sont pas là? Et mon frère? Qu'est-ce qu'ils foutent?

Cette fatigue… OK, inutile de résister. Je sens que je vais être réveillée par un p'tit machin de huit ans qui va se jeter sur moi en rentrant!

Ce n'est pas mon petit frère qui me réveille en sursaut mais, conjointement, la sonnette de la maison et un cauchemar.

Un horrible cauchemar. J'étais à l'endroit de la fête – mais toute seule. Plus de ballons, aucune poésie. Plus de lumière, rien que le halo diffus d'une lune fuyante. Des canettes pliées sur lesquelles je trébuchais, des bris de verre, des papiers sales, des ombres mouvantes… et un silence assourdissant.

Je flippais d'être ainsi seule, et j'essayais de partir mais je ne pouvais pas, je n'arrivais pas à m'extraire de la bâtisse, quand bien même elle n'avait ni porte ni fenêtre. Un puissant engourdissement me prenait les jambes dès que je m'approchais des sorties. J'en étais réduite à passer de pièce en pièce en pataugeant à moitié dans une terre boueuse. Je manquais tomber à chaque pas, trébuchais sur des morceaux de carrelage saillants, abîmais mes chaussures à leurs arêtes tranchantes. J'errais, les membres lourds, tentant ma chance à chaque issue et redoutant sans cesse de rencontrer je ne sais quelle créature horrifique.

Où mes amis étaient-ils tous passés ? Mis à part les canettes et les détritus, il n'y avait trace de personne.

C'est du moins ce que je croyais jusqu'à ce que quelque chose m'intrigue à travers les bandes de scotch jaune et noir. Ça faisait une sorte de boule par terre. Ça aurait pu être un corps.

Je soulevais les scotchs, ils m'agrippaient telles des ronces, je me dégageais non sans difficulté et m'approchais.

Ce n'était pas un corps, mais des vêtements étroitement entortillés les uns dans les autres. J'entreprenais de défaire la boule. C'était compliqué – le maillage était serré. Je reconnaissais l'écharpe rose malabar d'Alana. Elle était lacérée.

Et puis, tout à coup… je sentais… une présence. Je me retournais : une silhouette massive se tenait derrière la fenêtre. Longue barbe d'un blond sale, moustache crasseuse, montagne de dreadlocks, marque rouge sur le front ; sa tête était aussi énorme que celle d'un taureau.

La créature avait dû comprendre que je l'avais vue ; elle poussa un cri de gorge effroyable, plein de douleur, et s'enfuit. Au même moment, mes doigts rencontraient une autre matière que le coton et la laine. De la fourrure, pensais-je d'abord.

Je réussissais à démêler des manches pour dégager la fourrure et là, je laissais échapper un interminable gémissement.

Parce que ce n'était pas de la fourrure, mais des cheveux. Des cheveux bouclés. Les mains tremblantes, pleurant à chaudes larmes et pressentant le pire, je continuais à dérouler les tissus, jusqu'à me rendre compte que ce que je tenais dans mes bras était une tête tranchée. Je me mettais alors à suffoquer, le plafond s'effondrait sur moi tandis que, dehors, on entendait une bête hurler.

C'est la sonnette qui m'a tirée de ce cauchemar. Quelle horreur ! J'ai encore ce sentiment atroce d'avoir le cœur en travers de la gorge. D'être sur le point de le vomir, jusqu'à ce qu'il n'y ait plus rien dans ma poitrine. Que je ne puisse plus avoir mal.

Je ne sais pas à qui appartenait la tête. J'essaie de comprendre, j'y comprends rien. Pourquoi ai-je l'impression d'avoir déjà fait ce cauchemar ?

Shootée au stress, nauséeuse, je vais à la porte d'entrée, où quelqu'un continue de carillonner. Dans l'œilleton, complètement déformée : la tête d'Arthur, qui dépasse du col de sa veste en jean.

Je cherche derrière lui la silhouette de Benjamin, l'un allant rarement sans l'autre, mais Arthur est seul. J'ouvre, il me fait un grand sourire et me prend dans ses bras. Ouh là. Je me dégage. Qu'est-ce qui lui prend ? Il me dit qu'il veut me parler.

À quel sujet ? je lui demande. Ça doit pouvoir attendre que je m'habille, non ? Ce n'est pas urgent à ce point ?

Il sourit avec gentillesse. Il veut entrer, mais je le repousse, le préviens que je n'ai pas le temps. Il me tapote la main – qu'est-ce qu'il a, enfin, ce matin ? – et dit qu'il repassera plus tard. Je retire ma main et le regarde partir par la fenêtre. Il monte dans une Citroën break et démarre. Je ne savais pas qu'il avait une voiture ; je ne savais même pas qu'il avait son permis. De plus en plus bizarre, tout ça.

Bref. Je n'ai pas envie de le voir aujourd'hui. Je le sens pas. Vraiment pas.

Allez, il faut vite m'habiller. Je suppose que mes parents et mon frère ne vont pas tarder à revenir.

En rentrant dans ma chambre, je remarque, punaisée au mur à côté de mes deux grands pêle-mêle de photos, une affiche de concert à laquelle je n'avais pas prêté attention. Elle est trop belle ! C'est la nouvelle édition des Vieilles Charrues (je les collectionne depuis cinq ans).

L'année dernière, j'y ai vu Lomepal, franchement ça déchirait. Euh, mais d'ailleurs… je ne sais pas comment j'ai pu avoir cette affiche, vu que j'avais justement prévu de l'acheter pendant le festival ?! Je comptais même convaincre Leila de prendre nos places pour le dernier jour, le 21 juillet. (Y aura Martin Garrix !) Décidément, ce 1er janvier est trop spé.

Ma chambre, par exemple. Il me semble qu'elle n'est pas tout à fait comme je l'ai laissée hier. À moins que ma mère n'ait décidé de tout ranger ? Ça arrive quand elle en a marre de voir mon petit bordel adoré…

Je vais inspecter celle de mon frère ; mais là, il n'y a rien d'anormal. À part qu'elle aussi est super bien rangée – trop bien rangée. Décidément, ma mère s'est défoulée. C'est son truc, à Vilma, le grand nettoyage de printemps en toute saison. De temps en temps, elle pète un plomb en silence, et se met à tout cleaner. Il peut alors se passer n'importe quoi au-dehors, une chute de météorite, un feu d'artifice, une déclaration de guerre, un concombre volant, elle ne sortira pas de son délire tant qu'il restera une chaussette par terre ou un grain de poussière.

Dans la chambre des parents, il n'y a rien de plus que d'habitude. À moins que…

Non.

Quelque chose cloche. Ça tinte dans ma tête : les journaux. Normalement, il y en a toujours plein qui traînent partout. Des revues médicales auxquelles mon père est abonné et qu'il n'a jamais le temps de lire. On a un panier spécial pour ça dans le salon, mais il déborde toujours et les revues envahissent toutes les pièces de la maison.

Je repars dans le salon. C'est bien ce que je me disais : il n'y en a plus une seule. Et le panier a disparu. Nouvelle résolution ?

Retour dans la chambre des parents. Ouverture du dressing. Stupeur. Plus une chemise de mon père ! Ouverture des tiroirs, fébrile. Plus un slip, plus une chaussette !… Ouverture du placard du couloir : absence de la géante valise noire, celle qui est trop grande pour les voyages classiques et n'a jamais été utilisée que pour les deux déménagements professionnels de mon père.

Mon père est parti. Ça crève les yeux. Denis s'est tiré. Même la photo de mariage où nous sommes tous les trois a disparu !

Je regagne ma chambre. Qu'est-ce qu'il se passe, ici ? Qu'est-ce qu'il s'est passé hier soir ? Ils se sont disputés et tout est parti en vrille ? Je me mets à paniquer. La réalité m'échappe, coule à travers mes doigts… Mon monde s'enfuit et je n'arrive pas à le retenir !

D'autres vérités se mettent en place. Je cours arracher mon téléphone à sa prise. J'appelle ma mère…

Putain, ça sonne dans le vide. Ça ne m'étonne pas, Vilma déteste les téléphones. Elle laisse toujours le sien sur vibreur au fond de son sac. J'appelle Denis. Il répond.

– Papa ?

– Allô, Ève ? Tout va bien, ma chérie ? Tu as l'air…

– Oui, non, c'est… Papa, qu'est-ce qu'il se passe !? Tes affaires, la maison ! T'es où, là !?

Un silence, au bout du fil. Un silence gêné, je dirais.

– Ève, tu viens de te réveiller, c'est ça ?

– Oui, je…

– Et tu n'as pas vu le mot ?

Dans sa voix, je sens de la contrariété, du chagrin aussi… presque de la lassitude.

– Quel mot ? De quoi tu parles ?

– Écoute, ma chérie, le plus simple est que tu retournes tout de suite dans ta chambre… Là, tu cherches le mot et tout va s'éclairer.

Là encore, je sens à sa voix que quelque chose ne va pas.

– Papa, attends, je…

– Ne t'inquiète pas, Ève. Fais-moi confiance. Va dans ta chambre et referme la porte.

– Papa, pourquoi ? Qu'est-ce qu'il se passe ?

– Fais-m…

Ça coupe.

– Papa ? Papa ?

Plus de batterie. Merde.

Il faut que je le rappelle. Il y avait quelque chose d'inquiétant dans sa voix. D'inquiété, aussi. J'ai senti qu'il prenait sur lui pour rester calme. Ce n'est pas normal. Rien n'est normal ce matin !

En attendant, je fais ce qu'il me dit : je vais dans ma chambre, je claque la porte. Je ne vois rien de spécial. Un mot ? Je suis censée chercher un mot ? Mais il n'y a rien ! De quoi est-ce qu'il parle ?! À quoi ça rime ?

Un grand abattement me tombe dessus. Marre de ne rien capter ! Au radar, je rebranche mon téléphone et me pelotonne sur mon lit. Je prends mon oreiller dans les bras. J'attends que mon phone daigne se rallumer.

Quand c'est fait, je tape mon code et, immédiatement, ça sonne. C'est lui.

– C'est bon, tu l'as trouvé ?

– Mais quoi ? Trouvé quoi ? Y a rien ! je réponds, hagarde.

– Le mot sur la porte ! Il a dû tomber, cherche-le.

Sur la porte… C'est vrai, il y a une punaise jaune. Il reste même un peu de papier rose déchiré en étoile autour. Nulle trace pourtant de mot, à terre. Ni sous mon lit.

Ah, là ! Sous mon bureau, une grande feuille rose fluo. Je me mets à quatre pattes pour l'attraper. Est-ce que c'est ça ?

Oui, je suppose.

Sur le papier ligné rose, les capitales noires imprimées se détachent parfaitement :

ÈVE,
AVANT TOUT
PENSE À PRENDRE TON MÉDICAMENT

Quel médicament ?

Il y a une flèche sous le message. Si je positionne la feuille à la place où elle était punaisée, la flèche pointe vers le dessus de ma commode. Et sur le meuble, en effet, trône une grosse boîte de gélules. J'ouvre la boîte et y trouve une lettre qui m'ordonne de suivre l'ordonnance jointe, dès mon réveil.

Ne cherche pas à comprendre, est-il écrit, *prends les quatre gélules*.

Je reconnais l'écriture de la lettre. C'est la mienne.

***

Voilà à quoi peut ressembler pour moi un début de matinée, que ce soit un 3 mai, un 4 juillet, un 27 septembre – *tous mes jours se ressemblent* –, si par exemple la veille au soir, j'ai arraché le mot crucifié à ma porte dans un moment de colère… et que je ne le vois plus en me réveillant.

Je prends les quatre gélules comme indiqué par moi-même. Je suis sage. Ça n'est pas toujours le cas.

Ensuite, je m'assois dans le grand fauteuil blanc devant mon bureau. C'est un fauteuil à bascule. Vilma dit que ce n'est pas l'idéal pour travailler avec une bonne posture, mais moi, il me convient. Je l'ai récupéré pour trois fois rien dans un vide-grenier et, après l'avoir astiqué avec de l'essence F, j'ai réussi à rendre à la coque en plastique son blanc cassé d'origine.

Essence F: mélange d'hydrocarbures composé principalement de paraffines et d'alicycliques.

Eh oui, depuis que j'ingère des molécules quotidiennement, je m'intéresse à la chimie des choses. L'intérieur du fauteuil est tapissé d'un tissu beige écossais, il fait anglais et sérieux, je trouve.

Assise à mon bureau, j'écris ces lignes ainsi que m'a demandé de le faire l'affreuse/gentille Madame Hanka. Il faut pour cela attendre que les molécules chimiques aient fait le job. Depuis peu, c'est suffisamment rapide pour que les éléments se mettent en place dans ma tête et que je raccroche les wagons sans trop de mal, en disons vingt minutes environ. C'était plus long au début.

Oui, vingt petites minutes suffisent désormais pour que je me souvienne… que je ne me souviens plus.

En gros, voilà ce qui se passe: depuis la soirée du réveillon, je me réveille chaque matin, chaque *putain de matin*, en croyant que j'en reviens.

Je ressens les effets des verres d'alcool, des taffes de joints. Le mal au cœur que j'ai éprouvé dans le bateau durant la traversée me donne encore la nausée. Premier réflexe, je me remémore les évènements de la soirée : la frayeur dans le zodiac, la beauté à couper le souffle du lieu, la joie de Livia découvrant la mise en scène des garçons, notre belle humeur à tous, mes élans d'amour envers Benjamin, la visite du site avec Fred et toutes les théories foireuses sur l'endroit visant à nous flanquer la frousse…

Je vois même *plus loin* dans le passé. Je vois les bêtes torturées dont on a parlé. Je vois des jeunes patients qui se débattent devant le pic à glace qui veut les énucléer. J'entends le bruit des bottes des agents de la Gestapo, puis le chant des moines qui se mêle à celui du vent.

Au fil des minutes, le temps que les médocs agissent, d'autre souvenirs s'invitent. Je nous revois, Leila et moi, en train de danser tandis qu'une partie du bâtiment s'écroule. La chute de Ludo, les coups de feu, le jeu de la vérité, ce moment, à minuit pile, où je réalise que Leila n'est plus là.

Tous ces souvenirs tournent en boucle et se heurtent aux aiguilles immobiles de mon horloge interne détraquée.

Après le dernier coup de minuit, plus de son, plus d'image. C'est le noir total.

Alors les rêves prennent la relève : moi, seule dans la ferme de la soirée, incapable d'en sortir, mes mains crispées dans la chevelure bouclée d'une tête tranchée, ce monstre hydrocéphale en train de me poursuivre, ma fuite éperdue pieds nus à travers les ronces…

Rêves et réalité se mêlent et se confondent. Tout est hyper proche. Ma mémoire, pour qui le temps s'est arrêté au premier janvier, me ressert tous les jours le même menu ! Comme si *tout* avait eu lieu. Mais qu'est-ce qui est vrai ? Et qu'est-ce qui est faux ? Je ne suis sûre de rien.

Ma vie est devenue un cauchemar, celui que je fais chaque nuit.

En temps normal (l'expression a de quoi faire sourire, dans mon cas), le mot est accroché à la porte de manière à être visible dès que j'ouvre les yeux. Selon les jours, j'émerge dans un brouillard plus ou moins dense : soit le flou complet, soit un marasme mêlé, dans lequel je revis différents moments de la soirée. En temps normal, donc, quand je n'ai pas arraché le mot la veille, je me redresse, je lis la consigne, puis j'ouvre la boîte. Je lis la lettre que je me suis adressée à moi-même. J'avale les gélules.

Je prends lentement conscience du fait qu'on n'est pas le 1er janvier ; encore un peu de patience et je sais quel jour on est – le 6 octobre, en l'occurrence. Avant l'été, il me fallait presque une heure de plus pour arriver à ce résultat.

N'empêche, encore maintenant, si je ne prends pas les gélules, je suis bonne pour errer dans une journée fantôme. La journée d'un 1er janvier qui n'a jamais existé. Une fois les quatre gélules ingérées, en revanche, je suis d'équerre de neuf heures jusque dix-sept heures environ.

Avant et après, je ressemble à un esquimau à moitié fondu qui a perdu son bâtonnet.

Nous sommes donc le 6 octobre du temps présent.

Mes bottines sont usées, c'est normal, je les ai eues à Noël dernier, ça date.

Arthur, pauvre Arthur, qui est passé me voir avant que j'aie pris mon traitement, s'est fait sévèrement bâcher… mais il savait sans doute pourquoi. Tout le monde est au courant de mon état.

À minuit de l'an dernier, sans que je sache pourquoi, ma vie s'est enrayée, le mécanisme s'est cassé. Je n'ai pas fini l'année scolaire. Je n'ai pas non plus repris le lycée en septembre. Mes cours par correspondance s'empilent sur une commode du salon.

Comment espérer renouer une vie normale ? Je ne pourrai rien faire tant que je n'aurai pas retrouvé la mémoire. Je suis à la dérive sur la mer de l'intranquillité. Elle est circonscrite entre deux océans : le temps d'avant et le temps présent.

DE JOUR EN JOUR (1)

7 octobre du temps présent, 8 h 40

Bienvenue dans ma nouvelle vie.

Bienvenue dans ma nouvelle vie.

Le paysage défile. Dans le car, vitesse rassurante, moi, mon corps, ma tête et mes pensées dodelinantes. Il y a presque une heure de route jusqu'au terminus. J'aime ce trajet, cette routine. Ce temps dédié au rien. Ce moment où je ne peux pas me reprocher de ne pas être en train de *faire* quelque chose. Que faire dans un car qui vous conduit en ville ? À part regarder le paysage par la fenêtre, toujours le même, et celui, derrière mon front, beaucoup trop changeant.

J'ai presque dix-huit ans, et ma vie est brisée. Elle a volé en éclats l'année dernière ; la nuit du 31 décembre. Si on m'avait dit un jour que je regretterais cette vie-là… celle-là même que je voulais fuir si souvent.

Le jour se lève, l'aube projette sa lueur bleu rosé sur les terres gorgées d'eau. Les grandes flaques lui renvoient son image. Des nuages effleurent la surface des champs de pommes de terre. Mon cerveau a éclaté. Sous la pression de quoi ? Depuis quand est-ce que je n'ai pas revu mon père ? Et toi, ma Leila ? Où es-tu ?

Sur le bord de la route défilent des arbres tire-bouchonnés par le lierre. On dirait des goupillons. Je ne vis plus qu'avec Vilma. Denis et Gigi sont à Rennes, désormais.

Ma famille a explosé, et selon toute vraisemblance, c'est à cause de moi. Oh, ce que je donnerais pour n'avoir jamais été à cette fête ! Tout. Tout ce que j'ai… mes affiches de concerts, mes fringues – y compris mes bottines de Noël –, toutes mes photos, même celle que j'ai prises en loucedé de Benjamin, même mon appareil photo et même mon imprimante photo – tout.

Tout donner pour retrouver une vie normale. Récupérer un cerveau en bon état de marche, remettre la main sur ma mémoire, restée hélas sur cet îlot maudit.

J'ai deux vies.

Ma vie numéro une, ma vie normale, celle qui a commencé à ma naissance, s'est terminée le 31 décembre dernier.

Ma deuxième vie (de merde) a débuté au 1er janvier. Il semblerait que cette vie numéro deux soit désormais ma vie officielle. Moi, je n'en veux pas, je préfère prévenir.

Je me souviens de tout ce qui s'est passé avant minuit. De façon accidentée peut-être pour les dernières heures, mais tout de même, les souvenirs sont là ou pas loin.

En revanche, passé minuit, c'est le trou noir absolu. Peut-être un trou semblable à celui dans lequel on m'a retrouvée planquée, au bout de cette nuit tragique, avant qu'on me conduise à l'hôpital…

Le séjour à l'hosto est très vague, j'en devine à peine le contour derrière un rideau blanc. Heures accidentées elles aussi, comme celles d'avant l'amnésie.

Mon premier vrai souvenir ensuite, c'est à la maison, le moment où je réalise que Denis et Gigi sont partis s'installer ailleurs, avec Vilma qui m'assure que c'est provisoire.

– Tu comprendras quand tu auras retrouvé la mémoire… Tu comprendras pourquoi. Pour l'instant, c'est mieux pour tout le monde. Sois patiente.

Et voilà, génial, pour supporter cette vie numéro 2, je dois m'inventer une qualité que je n'ai pas : la patience.

Mais ma mère a raison, car ma vie numéro deux, pendant longtemps, ça a été, en vain et dans le désordre : visites aux spécialistes, électroencéphalogrammes, IRM, tests en tous genres, recherche de lésions, de tumeurs, d'AVC, de maladies rares. Pendant des mois, mes journées ont été rythmées par les rendez-vous médicaux. Puis ce fut l'heure des psys. Avant l'été, j'en voyais un presque chaque jour.

Vilma m'y a longtemps accompagnée – jusqu'à ce que je la persuade de me laisser prendre le car toute seule. Début juillet, j'ai commencé à sérieusement saturer.

J'ai séché un rendez-vous, puis deux puis dix. Je ne voulais plus parler. Je ne voulais pas d'emploi du temps. Après tout, merde, le temps s'était arrêté pour moi.

J'ai quand même accepté de voir Madame Hanka. Uniquement parce qu'on m'a dit qu'elle s'adresserait à mon corps, pas à mon esprit. Que je n'aurais rien à lui *dire*. Simplement à l'écouter et à me laisser masser. Mais même ça, ça n'a pas marché.

Entre mes deux vies, il y a donc cette faille qui s'étend d'un peu avant minuit jusqu'à 7 h 30, heure à laquelle mon père est venu récupérer mon corps inanimé pour me conduire à l'hôpital. Dans cette faille est tombée la clef de ma mémoire. Depuis, je plonge régulièrement pour tenter de la retrouver. Les abysses sont profonds, noirs comme de l'encre.

Amnésie lacunaire, a dit le neurologue. Doublée d'une « amnésie antérograde ».

L'amnésie lacunaire concerne la soirée du réveillon, engloutie dans le trou noir. Lacune sur la lagune.

L'amnésie antérograde, c'est celle qui, depuis cette soirée, m'empêche de vivre sans médication. À ce qu'il semblerait, la mienne ne ressemble à rien de connu. Les personnes qui souffrent de cette amnésie, d'ordinaire, oublient le présent au fur et à mesure qu'il advient. On n'y peut rien ; il ne reviendra pas. Moi, mon foutu problème se situe au démarrage. Ça ressemble à la maladie d'Alzheimer : mon cerveau n'encode pas les informations du jour, qui glissent comme sur une surface lisse, incapables de devenir un souvenir. Mais si on arrive à activer les lobes du cerveau, juste pour leur donner l'information de *se mettre au travail*, c'est gagné : ils peuvent ensuite jouer leurs rôles à peu près correctement !

Un spécialiste a proposé une molécule, fraîchement débarquée d'un jeune laboratoire qui, en sur-stimulant le cerveau, pouvait avoir cette fonction de « starter ». Je participe à la phase trois, j'ai intégré le groupe test avant la mise sur le marché, tel un petit cobaye modèle. Ils m'ont acceptée tout de suite, il paraît que j'étais la candidate idéale : jeune et sans antécédent. La classe, non ? Il paraît aussi qu'il peut y avoir des effets secondaires. Si j'ai parfois comme une légère envie de me foutre en l'air, c'est normal, pas d'inquiétude.

Au point où j'en suis, je m'en fous. Et puis, malgré la détresse que m'inspire ma situation, je suis quand même assez épatée. Ces médocs sont prodigieux. Grâce à eux, je ne passe pas mes journées convaincue qu'on est le 1er janvier. Le temps qu'ils fassent effet, je me relie au présent. Ça marche à tous les coups.

Seul hic, leur action est d'assez courte durée. Ils me permettent de rester connectée au monde durant huit heures environ. En fin de journée, c'est plus difficile et je suis souvent épuisée par l'effort fourni. Je dors d'un sommeil à la fois lourd et agité. Et puis le matin revient et avec lui, l'oubli. Je dois alors reprendre les quatre gélules magiques.

Une femme parmi les psy que j'ai consultés m'a dit que j'étais la seule à pouvoir agir. Qu'on me raconte l'histoire et je ne cesserai de l'oublier mais si j'arrive par moi-même à refaire fonctionner ma mémoire en miettes, je retrouverai mes souvenirs de manière définitive.

Elle a dit que pour espérer me débarrasser des gélules magiques, il me fallait retrouver en priorité mon souvenir de la soirée du 31. Elle a dit que c'était comme nettoyer un vinyle enrayé par une poussière entre deux sillons.

– Cette soirée, mademoiselle, c'est le grain de poussière qu'il vous faut retirer.

D'après ce que j'ai compris, il est probable que quelque chose, un événement particulier, m'ait traumatisée au point d'annihiler le souvenir. Mais j'ai appris aussi que ce type d'amnésie peut être causé par une ingestion de produits toxiques. Est-ce que j'ai bu ou fumé un truc que j'aurais pas dû ? Ce cousin pas net, Brendan… J'ai revu Fred une fois ou deux et il m'a juré qu'il n'avait rien apporté. Mettons. Enfin, il avait quand même pris une arme, ça met pas en confiance.

Le plus grave dans tout ça, c'est que Leila a disparu des radars. Et je suis presque sûre qu'il lui est arrivé quelque chose de grave. Je le sais parce qu'on me *ment*, à son sujet ; je le sens bien. Dès que je parle d'elle, les regards se font fuyants, et très vite, on me dit très vite d'arrêter de m'en faire, ou un truc vague de ce genre. Ensuite, les gens changent de conversation comme ils changeraient de trottoir.

Moi, je sais que j'ai vu un truc que les autres n'ont pas vu. Je le sais ! Mais je ne sais pas quoi. C'est aussi et surtout pour ça que je dois retrouver la mémoire.

Le psy du centre médical a dit que je devais y aller pas à pas. Avoir « confiance ». J'y parviendrai, j'en ai la capacité, il faut que j'en sois convaincue. Seulement, on ne demande pas à quelqu'un qui sait à peine nager de partir en plongée sous-marine dans les grandes profondeurs : je dois procéder par paliers. D'où la patience. Quand il me parlait de cette façon, j'avais envie de le frapper. Je ne veux plus le voir. C'est pour ça que je vois Madame Hanka. Mais je ne veux plus la voir non plus. C'est pour ça que j'écris tout ça.

Je ne veux plus qu'on m'aide. Je ne veux plus qu'on me regarde comme une bête curieuse, une pauvre tarée. Je ne veux plus inspirer de pitié.

Quelqu'un peut-il comprendre cela ? Je vis une vie qui n'est pas la mienne ! Comment se satisfaire de cet itinéraire bis ? Une vie dans laquelle je ne vois plus la moitié de ma famille. Une vie dont est absente ma meilleure amie, où Benjamin ne joue aucun rôle. Une vie à avoir envie de me taper la tête contre les murs jusqu'à ce que mon crâne crache son putain de foutu souvenir. Le pire de tout ? Allez, osons le dire : une vie en tête à tête avec Vilma, que je ne supporte plus, qui ne me supporte plus.

Elle dit que je ne dois pas m'en vouloir si Denis et Gigi se sont exilés à Rennes. Elle l'a répété plusieurs fois. « Ce n'est pas ta faute. » N'empêche, c'est lié, d'une manière ou d'une autre, à ce que j'ai vécu ce 31 décembre ! Si je n'étais pas allée à cette soirée, ils seraient toujours là.

Bien sûr que tout est de ma faute. Déjà, je ne leur avais pas dit que la soirée se tenait sur une île…

À quel moment Denis a-t-il craqué ? La situation a dû lui sembler trop lourde : une fille zombie à la maison… Bonjour l'angoisse. Il a dû vouloir épargner ça à Gigi et je peux le comprendre. Quand a-t-il décidé de partir en l'emmenant avec lui ? Difficile à dire, je n'ai pas la notion du temps. Les rares fois où je parviens à poser un pied ferme sur le rivage de la réalité, je compte les jours – que dis-je, les jours, les mois ! – durant lesquels je n'ai pas vu Gigi, et je n'en reviens pas.

Puis je rassemble mon courage. Je me jure que dès que j'irai mieux, nous retrouverons notre famille. Je m'en fais le serment. Il faut que je sois une malade exemplaire, que je suive le protocole, que j'y croie.

Il y a plein d'étudiants dans ce car. Je les envie : ils savent où ils vont, qui ils sont. Il y en a un qui me sourit. Il a l'air gentil. Comment est-il possible que ne pas se souvenir d'une seule nuit de ta vie te fasse douter de tout ce que tu es ? Je ne parle à personne. Je suis presque un fantôme.

À ma droite, c'est le précipice ; à chaque trajet, je le longe et sa vue me plonge dans un abîme peuplé de papillons noirs. Oh, Leila, qu'est-ce qu'ils t'ont fait ?

Le vide a ce pouvoir d'attraction. Un matin, les roues du car ont mordu sur le bas-côté. Vingt centimètres de plus et c'en était fini de nous. On serait tous à repêcher dans la rivière en dessous. Combien pour ces vingt centimètres ?

Les champs ont laissé place à des parkings. Des zones commerciales. Des marques tristes, des lieux où on ne va pas pour le plaisir de satisfaire un vrai désir, mais uniquement par nécessité impérieuse de consommer quelque chose, n'importe quoi. Ça me dégoûte.

Fin de la zone. Dernier arrêt. Centre-ville. En descendant du car, j'aperçois en contrebas la fac où j'aurais pu aller si je n'étais pas devenue folle.

LA SOIRÉE (2)

31 décembre du temps d'avant, 21 h 47

La chamade.

Je suis au taquet de mon émotivité. Avec Benjamin, on a déjà fait le tour du bâtiment. Je ne lui ai pas raconté les histoires horribles – fausses, j'en suis sûre – de Bubble Girl.

On a décidé d'explorer alentour. Bientôt, on n'entend plus que les basses de la musique. La fête passe au second plan.

Au premier, ce sont nos pas qui résonnent. Quel son divin : le bruit de mes bottines et de ses baskets qui font rouler les galets. Je marche devant, sentant derrière moi sa présence troublante et délicieuse. Mon cœur bat la chamade et je dois le rappeler à l'ordre sans cesse pour qu'il ne me trahisse pas. Je tomberais bien dans les pommes, moi !

Benjamin me ramasserait. J'ouvrirais les yeux ; ma bouche serait, comme par hasard, pile au niveau de la sienne. Il me sourirait, mais pas moi. L'instant serait trop grave. Alors il comprendrait et se pencherait pour m'embrasser avec fièvre et délicatesse. Je sentirais le matelas de ses lèvres. Je connaîtrais le parfum de ses baisers, découvrirais enfin quel goût a l'amour. Je l'embrasserais partout sur son visage et dans son cou, à coups de baisers légers. Il en frissonnerait, j'en tremblerais de bonheur.

Ouais, bon, ça fait un peu mauvaise série de yeuv, genre *Les Feux de l'amour*, je sais. De toute façon, je ne risque pas de tomber dans les pommes : je suis bien trop résistante. Une pleine santé est un méchant frein au romantisme.

Il marche derrière moi. Est-ce qu'il me regarde ? Est-ce qu'il regarde ma nuque ? D'un mouvement de tête, je ramène mes cheveux sur le devant. Est-ce qu'il regarde mes fesses ? Est-ce qu'il a envie de moi ? Moi, je pourrais en hurler, là, tout de suite !

Mais c'est finalement Leila, marchant dix pas en arrière et que j'avais presque oubliée, qui crie.
– Aïe ! Je me suis tordu la cheville !

Quand Benjamin est arrivé tout à l'heure, je lui ai proposé de jouer les guides.
– D'accord, emmenez-moi ! a-t-il répondu.
Le pluriel m'a plombée, mais je comptais sur Leila pour trouver un prétexte pour nous fausser compagnie.
Et donc, le coup de la cheville. Décidément, elle est à la hauteur. Merci, ma poule !
Elle s'est assise sur un rocher et se tient le pied.
– Allez-y sans moi. On se retrouve à la fête.
– Tu es sûre ? je dis. Tu ne veux pas qu'on t'aide à rentrer ?
– Non non, ça va…
Elle fait quand même une drôle de tête : elle a l'air d'avoir vraiment mal. Benjamin me regarde comme si c'était à moi de décider de ce qu'il fallait faire. Il lance :
– Ben, essaie de marcher, pour voir ?
– Hmmm, ça va pas être possible tout de suite… Mais je vous assure, allez-y. Au pire, vous me trouverez là quand vous reviendrez.

L'argument nous décide. On se dirige vers la plage, dont on peut entendre d'ici le ressac.
Mais le charme de la promenade est rompu. Benjamin marche devant moi, maintenant.
– Attention, ça glisse…, il murmure.
On traverse ce qui ressemble à un grand cratère. Je galère pour en sortir : mes bottines ne sont pas idéales sur ce terrain. Je dérape, manque tomber et me rattrape à des racines. Benjamin se retourne vers moi et me tend

la main. J'adore. Sa poigne est chaude et solide… Il me tire à lui et je me retrouve à quelques centimètres de son visage. Je lui souris. Pas lui.

– Viens, me dit-il, on retourne à la fête, t'as pas les bonnes chaussures.

Quoi ? *No way !* En vitesse, j'improvise :

– Ah non, t'inquiète pas… D'ailleurs on est presque arrivés, on entend la mer juste derrière ! Attends, j'enlève mes *shoes*.

Il tique.

– Tu pourrais te faire mal, Ève. Non, viens, je n'ai pas envie de faire deux blessées !

Sympa, la sollicitude. Mais quoi ? Écourter une ballade avec le mec de ma vie pour deux écorchures ? C'est mal me connaître ! Les chaussures à la main, je reprends l'ascension ; je sais que Benjamin va me suivre.

Mince. À l'arrivée, il n'y a pas encore la mer… Elle semble même assez loin. Un petit sentier à peine visible s'enfonce dans une forêt de broussailles et de résineux. Benjamin s'apprête à faire demi-tour – mais je lui montre quelque chose : au milieu de la végétation, en grande partie dissimulé par un majestueux saule pleureur, un triangle de béton pointe vers le ciel.

Nous nous approchons.

– On dirait un bunker, dit Benjamin.

C'est complètement fou. Assez excitant, un peu effrayant.

Mais surtout très intéressant pour notre projet commun – qui est de nous embrasser, comme je vous le rappelle.

– On entre ? je dis.

– Je sais pas, il pourrait être miné, répond Benjamin.

– Ça m'étonnerait quand même qu'on soit les premiers à le trouver depuis la fin de la guerre…

– Tu as raison, mais je ne veux pas prendre de risque. Viens, on retourne à la fête.

Il me prend par les épaules. Gentiment, mais pas tout à fait comme je voudrais... Enfin, ça me fait quand même son petit effet. *D'accord*, je me dis. *D'accord pour tout, Benjamin.* Tant pis pour la mer. Tant pis pour les baisers dans le bunker.

– Je suis certain qu'il y en a d'autres sur l'île, dit Benjamin.

– C'est sûr. S'ils étaient là pour empêcher un débarquement allié dans la région...

– Pas que.

– Comment ça ?

– Il est très possible que ces blockhaus aient abrité des salles de torture. Les résistants bretons ont donné beaucoup de fil à retordre aux Allemands.

Je frissonne à cette idée. Et je préfère ne pas trop y penser. Benjamin s'en rend compte, heureusement, et change de sujet tandis que nous rebroussons chemin.

– C'est chouette que tes parents t'aient laissée venir, me dit-il. Il paraît qu'ils sont assez stricts ?

– Non, ça va... J'me débrouille.

Je n'ai pas envie de rentrer dans les détails. Benjamin n'a qu'un an de plus que moi, mais je ne peux m'empêcher de me sentir gamine avec lui. Pas question de renvoyer l'image d'une gosse à qui on interdit de sortir.

– Tu as été avec Timon il paraît ? Tu es toujours avec lui ?

– Quoi ? Oh non ! Boule ? Ah non !

– Je sais pas, c'est ce que j'ai cru comprendre...

– Non, pas du tout.

– OK.

– Non, il a essayé il y a genre un an, mais... non merci !

Un silence. Il sourit.
– T'es trop mignonne, tu sais…

Waouh. Benjamin et moi, seuls au monde sur une île, les pieds dans le sable, et lui qui me dit que je suis trop mignonne… J'en vacille.

Mais oui, il a raison ! Je suis trop mignonne ! C'est vrai que je suis trop mignonne ! Bien sûr que je suis trop mignonne ! Mais putain, pourquoi personne ne me l'a dit avant ? Pourquoi mes parents ne m'ont-ils pas élevée dans cette idée de trop-plein de mignonnerie ?

Bon, on se calme. Il ne manquerait plus qu'il me sourie, maintenant, pour m'achever à coups de fossette.

Il sourit. Je suis foutue. Le moment est dingue.

Et alors…

Et alors, *nothing*. Il se détourne, comme si de rien.

Il se penche au bord du cratère. S'il attaque la redescente, je serai au fond du trou.

Il attaque. Je ne vais tout de même pas me jeter à son cou, si ?

– Benjamin, j'ai du mal à marcher, tu me donnerais la main ?

Si.

OK, j'avoue : je suis en train de me jeter à sa tête. Ce n'est pas du tout ainsi que j'avais imaginé les choses !

En attendant, la situation s'améliore. Benjamin me guide vers les passages les plus faciles. Il est doux et prévenant. Je retiens mon souffle. Je vis le meilleur moment de ma vie… Hep ! Quelqu'un peut arrêter le temps, s'il vous plaît ?

Sortis du cratère, nous dépassons le rocher où nous avons laissé Leila. Elle n'y est plus. Plus loin, les galets laissent place aux gravillons et Benjamin lâche ma main. Fini le moment magique…

Pour couronner le tout, un groupe de cinq garçons et filles déjà pas mal éméchés se déversent vers nous. Je reconnais Alana, Evan… Brice, Livia… et Matéo. Qui ne marche pas droit.

– Hey, c'est par là la mer ?!

Il se fait reprendre par sa copine Livia qui n'a pas l'air beaucoup mieux.

– C'est partout, abruti, on est sur une île !

On se regarde avec Benjamin et on rit. Ils sont complètement bourrés ! Benjamin cligne des yeux et il est à croquer. Je sens entre nous cette complicité incroyable.

Nous rejoignons le lieu de la fête. Le chat et la souris continuent de jouer. Quand est-ce qu'il va m'attraper ?

– Tu veux un verre ?

On se dirige vers le « bar ». À ce moment-là, on entend un grand claquement, qui nous fait sursauter. Un coup de feu ? Ou un pétard ?

– Putain mais c'est pas vrai !! jure Fred en se précipitant vers l'endroit d'où le coup semble avoir été tiré.

On le suit. Derrière la bâtisse, on découvre Brendan, le cousin débile, en train de donner un cours particulier d'un genre très spécial à Joël le *creep*, qui, pour une fois, joue les bons élèves. Le sujet est : *Comment utiliser un pistolet à plomb Beretta à air comprimé M92 ?*

Fred lui enlève l'arme des mains.

– Confisqué, tu entends ? Ça suffit, les conneries. Tu peux tuer quelqu'un avec ça !

– N'importe quoi ! se défend le cousin.

– Je sais ce que je dis, rétorque Fred.

Et c'est dit d'un ton sans appel. Il emporte le pistolet avec lui et va « le planquer », précise-t-il.

Le cousin, penaud, continue à dire que c'est du grand n'importe quoi, que ça risque rien du tout – mais ne tente pas de le suivre.

– Bweuah, commente Joël en haussant les épaules.

– Bon, alors : on le boit, ce verre ? me dit Benjamin.

Je lui réponds avec un merveilleux sourire. Enfin, c'est ce que j'aimerais qu'il soit, ce sourire. En tout cas, tout le merveilleux que j'ai en moi, je le mets dans ce sourire.

– Qu'est-ce qui te ferait plaisir ? il demande en désignant le bar.

J'aurais bien pris un verre de champagne, mais la bouteille que j'avais apportée est déjà vide, et il semble qu'il n'y en ait pas d'autres. Benjamin remplit raisonnablement un verre de whisky. Je le bois comme si c'était de l'eau alors que c'est du feu. Il rit et me ressert un peu plus.

Incendiée, je rejoins la piste de danse. Le Lord a cédé sa place, et Lukas, casque sur les oreilles, est le maître des platines.

Il n'y a que des filles en train de danser. Les gars autour les regardent. Ils picolent ou fument ou les deux. Je m'approche de Leila. Nous dansons ensemble. Nos corps se frôlent, s'éloignent, se rejoignent. Je danse pour Benjamin. Je suis un peu ivre. Je suis belle. Je suis mignonne. Je suis désirable. Je suis amoureuse. La vie est formidable. L'Angleterre est au bout de mes doigts. Juste là, de l'autre côté de la Manche, à portée de rêve.

Leila me prend dans ses bras. Elle m'attire à elle comme pour un slow et je me retrouve le visage enfoui dans ses boucles brunes. Je sens son parfum de rose et de *lipstick* ainsi que l'odeur de vanille de ses cheveux. À côté de nous, quelqu'un siffle. Et puis, il y a un grand bruit suivi d'un hurlement.

On arrête tout. La bande qu'on a vue partir vers la plage est revenue en passant par le sas interdit. Une grande partie du plafond s'est écroulée sur eux !

Notre premier réflexe est de nous ruer sous les décombres, mais Ludo nous demande de rester éloignés, on ne sait pas si le plafond ne va pas s'écrouler complètement.

Je regarde par-dessus son épaule. Alana est à terre mais se relève ; ça a l'air d'aller. Matéo et Livia sont debout, pleins de poussière mais indemnes. Idem pour Brice.

C'est Evan qui a le plus morflé. Il est couvert de gravats et paraît dans les vapes. Fred est auprès de lui. Ça se presse derrière moi pour avoir des nouvelles et j'entends la musique qui joue toujours là-bas, qui joue pour personne.

Mais pourquoi sont-ils passés par là ?! On ne peut pas dire qu'on n'était pas au courant !! Sans paniquer, Fred donne à Evan des petites claques pour le faire revenir à lui. Il n'ose pas le faire bouger.

Ouf ! Evan papillonne des paupières. Je le vois qui tente de s'asseoir. Fred l'aide avec beaucoup de douceur. Heureusement qu'il est là, décidément… Il a le sang-froid indispensable à toutes les situations.

Bilan des courses : Evan est de retour parmi nous. Il a l'arcade sourcilière ouverte et ça pisse le sang, mais rien de plus grave *a priori*. Lukas arrive avec la trousse de secours, il s'agenouille pour soigner sa plaie.

Pendant ce temps, j'entends Ludo qui engueule Matéo. À côté, Livia, Alana et Brice ont le visage crayeux. Ils se défendent : ils n'ont pas eu le choix. Ils couraient pour échapper à quelqu'un.

– Comment ça quelqu'un ? Il n'y a personne sur l'île ! assure Fred. On est seuls ici, notre bande et le DJ !

Pile au moment où il termine sa phrase, la musique s'arrête. C'est la fin du morceau.

– Je t'assure ! se défend Livia d'une voix trop aiguë. Il y avait une sorte de…

Elle est au bord des larmes, maintenant.

– … un monstre, avec une tête énorme et des dents horribles !

Elle dit ça sur un tel ton que l'effet est comique ; on ne peut s'empêcher de rigoler. Mais elle ne le remarque même pas.

– Il nous a couru après, on a eu super peur. Il avait une machette à la main !

On regarde tous autour de nous, des fois que le type à la machette arriverait. Fred la fixe d'un air dépité.

– Vous avez fumé quoi, sans déconner ? Si vous vous défoncez, c'est vous que ça regarde, mais venez pas nous gâcher la fête, merde.

Lukas finit de soigner Evan et range son matériel dans la trousse de secours.

– Tu l'as vu, toi, ce type ?

– N-non, répond Evan, toujours un peu sonné, Mais j'ai vu les autres courir, alors j'ai fait pareil.

Matéo, d'une voix peu assurée, intervient :

– Je ne l'ai pas vu non plus… mais par contre, j'ai entendu une sorte de râle… terrifiant…

On se tourne tous vers Alana.

– Ça paraît bizarre maintenant, surtout que moi non plus, je l'ai pas vu – cela dit, je sais qu'il y avait quelque chose… J'ai senti… une odeur infecte, une odeur de bête sauvage putréfiée !

Fred éclate d'un rire rageur :

– Une *odeur de bête sauvage putréfiée* ! Et puis quoi encore !? Un dinosaure zombie ? Un T-Rex revenant, qui hanterait l'île depuis je ne sais combien de millions d'années ? Non mais arrêtez tout là, c'est consternant ! Allez, fin de l'épisode. Et vous cinq, je ne sais pas ce que vous avez pris mais c'est fini maintenant. OK ?

Ils hochent la tête en regardant ailleurs. Tout le monde repart vers la piste de danse. Je suis la dernière à quitter les lieux et la seule à voir Fred se diriger, en mode vénère, vers Ludo et Lukas qui ne font pas les fiers.

– Vous êtes contents ? il leur dit.

Bizarre… Je veux aller voir ce qu'il se passe, mais Livia m'attrape par les épaules. Elle est blanche comme une ligne de coke (je fais genre, mais j'en ai jamais vu en vrai, de la coke, les thugs du coin ont pas les moyens).

– Je te jure, renifle-t-elle dans mes bras, je l'ai vu, moi. Il n'était pas très grand mais massif, avec une tête vraiment énorme, une tête de taureau… Cette odeur… Elle a raison, Alana, il puait, comme quelqu'un qui vit avec les bêtes, qui ne se lave pas… C'était horrible… Il avait plein de poils… Il nous a surpris juste avant qu'on arrive à la plage. Je marchais devant… Il a jailli juste devant moi ! J'ai crié… Il m'a fait un sourire de cauchemar, un sourire crevé et il a levé sa machette en faisant un drôle de bruit avec sa gorge, on aurait dit qu'il se délectait à l'avance de ce qu'il pouvait nous faire ! Ça a duré deux secondes mais c'est deux secondes que j'oublierai jamais !

– Livia…

– Je l'ai bien vu, Ève, je t'assure !! Il avait une marque rouge sur le front, pile entre les deux yeux… J'ai fait volte-face et j'ai couru comme une tarée, les autres ont fait pareil.

Je prends le temps de l'examiner avant de lui répondre. Sa pupille est complètement dilatée. Est-ce qu'elle est en plein délire ? Sa voix et ses larmes sont authentiques, en tout cas. Elle est vraiment terrorisée. Je la réconforte autant que je peux, lui prends la main.

– Viens, on va rejoindre les autres.

J'entends qu'il se passe quelque chose sur la dalle. Benjamin a pris le micro.

– Ève, attends, j'aimerais… j'aimerais…

– Quoi, Lili, qu'est-ce que tu aimerais ?

C'est la voix du Lord qui résonne dans le *mic*, maintenant. Et la musique repart. Je reconnais *Zombie Zombie. Hippocampe*, je crois. Trop envie d'aller danser pour me remettre de ces émotions !

– J'aimerais trop rentrer chez moi…

– Je comprends, mais tu sais que c'est impossible, les courants sont hyper forts. On est coincés ici jusqu'à la prochaine marée basse.

L'envoutant *Hippocampe* vient me chercher. J'essaie d'entraîner Livia mais elle résiste.

– Combien de temps, Ève ? dit-elle en sanglotant.

– Huit heures minimum.

Elle me regarde avec terreur.

– On est morts, alors. On est morts.

– Mais non, allez, suis-moi.

Livia se laisse conduire sous la tente. En chemin, je récupère ma parka. Il fait froid, d'un coup.

DE JOUR EN JOUR (2)

Vendredi 9 novembre du temps présent, 16 h 50

Où trouver un refuge quand le péril est en soi ?

Cet après-midi, j'ai cru la voir.

Leila. Enfin !

J'étais dans le car, je revenais de mon rendez-vous mensuel à l'hôpital. Le doc m'avait trouvée en forme – ce qui n'était pas si rassurant que ça vu que je ne l'étais pas. Je me sentais mal, lourde de ma journée de *check-up*, presque amorphe, dispersée.

En plus, j'avais la nausée. Ça m'arrive quelquefois, à cause des médocs. À travers la vitre, je suivais du regard la vieille Le Guen, en noir, qui roulait à contresens dans son fauteuil électrique, lorsque je l'ai vue. Là, juste là !

Je me suis rassemblée d'un coup. Elle marchait sur la grande route – du moins, il m'a semblé que c'était elle. Cette silhouette, les boucles échappées du bonnet, le panier rond qui lui battait les mollets... Comme si ça pouvait stopper le car, j'ai appuyé sur le bouton « arrêt ».

Mais non, bien sûr. Et le prochain arrêt était encore loin. Pourtant, je devais sortir ! Immédiatement ! Je l'avais vue !

– S'il vous plaît, *arrêtez !*

Le son est sorti de ma gorge avec une intensité dont je ne me savais pas capable.

– Arrêtez !! Je dois sortir tout de suite !!

Elle avait disparu au coin de la rue, mais je pouvais encore la rattraper. Le chauffeur ne s'est pas arrêté. J'ai eu la haine. Tant pis : j'irais chez elle. Que faire d'autre ?

Au 7 rue des Héliotropes, je me suis plantée devant le portail et j'ai sonné. Un espoir tout simple, innocent, s'était niché dans le fond de mon cœur. Et si elle était revenue ? Si aujourd'hui, chez elle, la lumière se rallumait ? S'il y avait de la musique ? Peut-être qu'elle avait disparu pour cela : ramener la lumière dans sa maison ?

J'ai sonné encore et encore, on ne répondait pas. J'ai commencé à l'appeler. J'étais en transe. Si longtemps qu'elle avait disparu…

Leila !!

Leila !!

Je m'époumonais sous la fenêtre de sa chambre, raide et inutile tel un bâton de maréchal.

Leila !!

Leila !!

Je gueulais. Je gueulais à m'en écorcher les cordes vocales.

Leila !!

Leila !!

Du tranchant de la main, je tapais sur la sonnette. Je commençais à saigner mais je m'en fichais ; je tapais, tapais, tapais encore. Au moins, je faisais quelque chose, *moi*. Ça faisait des mois que personne ne faisait rien pour Leila.

Leila !!

Leila !!

Leila !!

Les voisins ont commencé à sortir des maisons. Au numéro 5, les rideaux bougeaient derrière la fenêtre.

Je le remarquais à peine. J'ai escaladé le portail, sauté, atterri sur mes deux pieds, grimpé les cinq marches de ce perron que je franchissais sans même y penser du temps où je fréquentais presque quotidiennement cette maison. Du temps de la joie et des rouges à lèvres…

J'ai tambouriné. Martelé de mes deux poings la porte en bois. Je voulais ça encore : de la joie, des plans sur la comète et des baisers pour de faux. Je voulais Leila. Je veux Leila, rendez-la-moi !

Leila !!
Leila !!
Je n'ai pas entendu le portail s'ouvrir derrière moi. Dominique, le père de Leila, m'a saisie par les épaules. Puis il a pris mes mains ensanglantées entre les siennes. Je me suis écroulée dans ses bras. Il m'a tenue fermement tandis que je m'évaporais, tout entière happée par mes propres cris.

Je suis restée une heure au moins chez Leila. Je n'arrivais pas à partir. C'est à cause de cette colère qui avait commencé à m'irriguer, comme ça arrive parfois.

Je tournais et virais. Dominique s'est assis dans son fauteuil. Il me semblait plus fatigué que d'habitude. Plus résigné. Je me suis inquiétée :

– Faut pas lâcher, hein ?

Il n'a rien répondu. Il regardait par la fenêtre comme si elle allait rentrer, là, tout de suite. Je sais ce que c'est. Moi aussi, ces derniers temps, je regarde sans arrêt par la fenêtre. Comme si Leila allait surgir. Comme si Benjamin pouvait revenir.

Je me suis approchée de lui et j'ai mêlé mes doigts aux siens. Nous avons regardé ensemble par cette fenêtre qui donne sur la rue des Héliotropes où personne ne vient, où il n'y a rien à remarquer, même pas des héliotropes. Dominique a mis son autre main sur la mienne.

– Comment tu vas, toi ?

Je l'ai rassuré. Moi, ça va. Je ne pouvais pas me permettre de me plaindre devant lui : ma meilleure amie a disparu, mais lui, c'est sa fille ! Impossible de me mettre à sa place. Ça doit être si horrible... Déjà qu'il a perdu sa femme dans des conditions terribles...

Et voici que sa fille s'évapore. Aucun moyen de savoir où elle est, ce qu'elle fait, si elle va bien, si elle souffre… ni même si elle est… vivante, quoi. Une femme assassinée, une fille partie sans laisser d'adresse, comment peut-il supporter cela ?!

J'ai frissonné. Dominique a passé la main dans mon dos pour me réconforter. Les yeux me piquaient. Avec ma pauvre tête malade, je ne peux être d'aucune aide à personne.

J'essaie, pourtant. Je jure que j'essaie. Je sais que c'est moi qui ai la clef : je suis la dernière à avoir aperçu Leila à la soirée. Les autres m'ont vue partir à sa recherche… avant de me retrouver dans cette excavation d'un rocher.

J'ai demandé à Dominique si je pouvais aller une minute dans la chambre de mon amie. Il a dit oui. Il m'a laissée monter à l'étage et s'est enfoncé un peu plus dans son fauteuil en faisant semblant, je le sais, de s'intéresser à ce que racontait le journal du jour.

Sur le bureau de Leila qui fait office de coiffeuse, il y a toujours un petit panier avec les échantillons de *Séphora* qu'elle a récoltés. On y sent encore cette odeur de rose et de *lipstick* qui était son parfum. Elle n'y est peut-être plus, en vérité, mais moi elle me prend à la gorge. En revanche, sur l'étagère, le cadre qui contenait la photo de sa mère est vide.

Sur le lit, deux dizaines de peluches de toutes tailles. Ce n'est pas seulement une jeune fille qui a disparu, c'est une gamine aussi. Une gamine, qu'on ne recherche pas, à ce qu'il semblerait, sous prétexte qu'elle est majeure.

Il paraît que ça arrive tous les jours. Des gens se volatilisent. Ce sont des personnes qui veulent changer de vie. Vous fermez les yeux une seconde et pouf, votre femme, votre mec, votre sœur, votre meilleure amie n'est plus là – jamais votre prof de

SVT, vous remarquerez – et on ne peut rien y faire, à part souffrir.

Je me suis allongée sur le couvre-lit rose, orange et blanc, aux motifs géométriques, en faisant attention de ne pas prendre toute la place. Je lui laissais la sienne pour qu'elle puisse me rejoindre, comme avant, lorsque nous nous allongions toutes les deux, presque collées l'une à l'autre. J'ai remarqué que son père avait changé les draps et ça m'a brisé le cœur. L'idée qu'il fasse comme si elle vivait là, comme si elle allait arriver ce soir…

Je ne sais pas si c'était un effet de ce déni ahurissant ou de la poussière sur le dessus-de-lit de Leila, mais d'un coup, ça m'a démangée.

Je me suis mise à me gratter, à me gratter de plus en plus fort, jusqu'au sang. Des épaules aux poignets, la peau me cuisait ; je n'arrivais pas à m'arrêter. Je m'écorchais et prenais même plaisir à la douleur. J'ai voulu pleurer mais rien ne sortait. Ma poitrine est pleine d'eau, pourtant. Peut-être qu'un jour, je vais exploser. Il y aura très peu de sang, mais de l'eau partout. De l'eau salée.

Leila me manque. Ma vie me manque. Mon année de terminale m'a été volée. Tous mes copains s'en sont allés poursuivre leurs études ailleurs. Il n'y a presque plus personne dans le coin. Je devrais être partie aussi, mais comment faire ? Je crois bien que je vais finir dans ce trou, seule comme un chien.

À propos de chien, pourvu que Karl ait trouvé un bon foyer. Il n'était plus dans la grange quand je me suis souvenue de lui. C'est con mais lui aussi me manque.

Au moment où j'allais partir, Dominique a vu les griffures sur mes bras. Il a posé ses deux mains sur mes épaules en me disant que je devais arrêter de me faire autant de souci, que Leila avait le droit de ne pas donner de nouvelles pendant quelque temps, qu'elle allait revenir. Il a dit ça sur un ton si calme… ça m'a fait froid dans le dos.

Bien sûr, il a le droit de se raconter des histoires. Qui peut lui en vouloir ?

Juste avant de franchir la porte – dans un geste aussi vif qu'un réflexe –, j'ai volé le journal que lisait Dominique.

★★★

La maison. À l'instant précis où j'ai mis ma clef dans la serrure, j'ai ressenti un doux réconfort, le sentiment d'être arrivée à bon port. Sauf que ça n'a duré qu'une seconde : il a suffi que je pénètre dans l'entrée pour que cette sensation s'évanouisse aussitôt…

Depuis les événements, je ne suis pas plus sereine chez moi qu'à l'extérieur. Ma maison a cessé d'être mon refuge. Où trouver un refuge quand le péril est en soi ?

Lorsque je l'ai déplié sur la table, j'ai su pourquoi j'avais piqué le journal de Dominique. En une – pas dans les gros titres, mais dans un encadré sur la première page –, il y avait ce titre :

À qui appartient le corps de cette jeune femme ?

J'ai lu l'article à la page des faits divers :

Le cadavre démembré d'une femme a été retrouvé dans deux valises, elles-mêmes enterrées sous un tas de fumier. On a pu déterminer l'âge de la victime (entre dix-huit et vingt-deux ans) mais pas son identité. Des tests ADN sont en cours. Il semblerait que le squelette soit incomplet: la tête est manquante.

La mienne me tournait, tandis que d'atroces pensées me tailladaient le moral.

J'ai découpé l'article et l'ai fourré dans un tiroir déjà rempli d'autres coupures.

Sur le dessus du meuble, des enveloppes à mon nom s'empilent – les cours par correspondance auxquels Vilma m'a inscrite. Je ne parviens toujours pas à m'y intéresser. J'étais pourtant une bonne élève…

Tiens, Vilma arrive. Elle rentre beaucoup plus tôt qu'avant, désormais. Elle ne m'embrasse pas, me fait une légère caresse sur la tête qui meurt sur ma joue. Je lui souris, c'est automatique. Elle va d'un pas nonchalant à la cuisine et s'installe devant le plan de travail.

D'une façon générale, Vilma me laisse tranquille; elle ne me presse pas de recouvrer ma mémoire. Quand on est toutes les deux, elle ne m'interroge pas, n'essaie pas de me parler non plus. Elle s'agite plutôt dans des tâches domestiques. Par moments elle me demande de l'aide et nous nous retrouvons à plier des draps ensemble, ou à faire une salade de pêches à la menthe. Ce sont des moments rares et d'une grande douceur.

Certains soirs, nous allons au cinéma. On grimpe dans son vieux Nissan Patrol en fin de carrière et on file à trente minutes d'ici, au Korrigan. Il n'a que trois salles, mais on trouve toujours notre bonheur. Vilma aime les comédies, bien qu'elle reste totalement imperturbable en les visionnant.

Au bout de quelques minutes, je la rejoins dans la cuisine.

– Je suis allée voir le père de Leila.

– Oui, je sais, répond-elle en lavant des tomates, il m'a dit.

– Il t'a dit ?… Ah, d'accord. Mais pourquoi il ne fait rien ? C'est sa fille ! Pourquoi personne ne fait rien, Vilma ! Lui, il devrait bouger tout le monde, il devrait… Il est si mou ! On doit agir à sa place !

Vilma met des lunettes de protection de chantier pour éplucher les oignons. Elle est super flippante.

Je continue.

– Tu m'avais promis d'en reparler à Lebeuf…

– Oublie un peu Leila, Ève. Concentre-toi sur ta mémoire.

Et voilà. Rebelote. Dès que j'insiste trop, on me renvoie dans ma cage. À croire que je pose des questions gênantes ! Mais je ne lâcherai pas l'affaire. Putain, qu'est-ce qu'ils cachent tous ?

– C'était quand, la dernière fois que tu en as parlé à Lebeuf ?

– Tu t'inquiètes trop, Ève. Tu disais toi-même qu'un jour, elle finirait forcément par partir.

C'est vrai que j'ai pu dire ça. La vie chez Leila était si horrible. Son père, toujours abattu, renversé par le décès de son épouse, dont il ne s'est jamais relevé. La maison aux stores perpétuellement baissés, cette ambiance pesante, celle d'un deuil qui n'en finit plus… Et Leila, livrée à elle-même, souvent joyeuse jusqu'à l'excès pour compenser la tristesse infinie de son père…

Oui elle voulait partir.

Ça n'enlève rien à mes angoisses. Ce n'est pas normal qu'elle ne donne aucune nouvelle. Je sais qu'il lui est arrivé quelque chose de grave. Pourquoi personne ne me fait confiance ?

– Ève, viens me donner un coup de main, s'il te plaît.

Vilma pose un torchon près de l'évier, s'attaque à la vaisselle des verres. Encore un truc de psychopathe : une fois par mois, laver, à la main, *tous les verres* de la maison.

– Non.

– …

Non, je ne vais pas te filer un coup de main, Vilma. Tu ne me files pas un coup de main, toi. Tu ne fais rien pour m'aider à retrouver mon amie. Pire, dès que je t'en parle, tu te fermes. Quand j'ai passé tout un week-end à rédiger des flyers avec la photo de Leila, tu ne m'as pas aidée. Quand je les ai collés sur les arbres de la commune, sur les poteaux, sur les abribus, tu ne m'as pas aidée – c'est Arthur qui a fait le job. Quand j'ai voulu aller à Quimper parce qu'on avait retrouvé le corps méconnaissable d'une jeune fille, tu n'as pas voulu m'y emmener. C'est encore Arthur qui m'a accompagnée.

Je t'en veux terriblement. Tu n'agis pas comme une mère. Tu n'as *rien* d'une mère. Je suis sûre que Denis m'aurait soutenue, lui ! Mais tu l'as foutu dehors c'est ça ?! Tu ne l'as pas trouvé à la hauteur de la situation, lui non plus ? Je ne peux pas croire qu'il soit parti de lui-même. Qu'est-ce que tu as pu lui dire pour qu'il se tire et emmène mon petit frère ? Après tout, tu as agi de la même façon il y a quinze ans avec le géniteur… Tu as recommencé, voilà tout. Tu finiras toute seule.

Bordel. Dès que je peux, je me tire.

Je vois, par le carreau, les chevaux de ma mère se faire des câlins. Ma colère grandit et gonfle encore. Même les chevaux ont plus d'empathie que Vilma, penchée sur sa vaisselle !

– Et ton fils ? Il ne te manque pas ?

Cette dernière phrase, je ne l'ai pas seulement pensée, cette fois. Je l'ai dite tout haut. C'est méchant. Mais j'ai envie d'être mauvaise. J'ai envie de la secouer. Qu'elle parle. Qu'elle me parle. Qu'elle crache ce qu'elle tait !

– Tu te souviens que tu as un fils ? Parce que moi, il me manque, tu vois. Je n'en peux plus, là. Et toi, tu t'en fiches. Tu es au-dessus de ça. Comment tu m'as dit, un jour ? On est tous « connectés », dans cette famille ? Pas besoin de se voir pour s'aimer ? C'est ça, hein ? Eh bien moi, j'y arrive pas ! Désolée. Je ne suis pas forte comme toi. Je ne suis pas toi.

Si j'avais des larmes, elles me monteraient aux yeux. Leur absence me brûle. D'ailleurs, si je veux être honnête, ce n'est pas tout à fait vrai que Denis et Gigi me manquent. Mon rapport au temps est si détraqué que quand je pense à eux, il me semble qu'ils étaient encore là hier…

Mais elle, elle n'est pas malade ! Sa réaction n'est pas normale ! Je ne peux plus te supporter, Vilma. Ma tête va exploser !!

Elle ne répond rien. Reste droite et rigide, une main crispée autour d'un verre en cristal, un torchon dans l'autre.

Folle de rage maintenant, je retourne dans le salon, rapporte le journal que je jette sur la table, histoire qu'elle ne rate pas l'article encadré. Puis je sors sans savoir ce qu'il y a derrière le visage cadenassé de ma mère. Elle était si contractée qu'on l'aurait dit rétrécie. Comme si elle s'était enfermée à l'intérieur d'elle-même pour que je ne puisse pas l'atteindre.

Au moment où je pose le pied sur la dernière marche de l'escalier, j'entends un bruit de verre brisé.

Enfin seule. Je me glisse dans le coin entre mon lit et le mur. Engoncée dans cet espace trop petit pour moi, je ferme les yeux en apposant tout juste le bord de mes paupières sur l'arc inférieur de mon œil, je voile ma vision avec mes cils, à la manière de stores qu'on baisse pour filtrer le jour sans l'occulter. Je convoque le souvenir de Gigi. J'entends son rire.

LES VACANCES DE NOËL (2)

23 décembre du temps d'avant, 10 h 18

Le temps de la joie et des rouges à lèvres.

Je sens que ces vacances de Noël vont être longues. Vivement le jour de l'an ! Ça fait deux jours que Benjamin s'en est allé voir sa famille à Bamako. J'aimerais trop avoir de ses nouvelles. Hier soir, pas réussi à me débrancher des réseaux sociaux, malgré le wifi qui sautait tout le temps. C'est pas un débit qu'on a à la maison, c'est juste un soupçon de connexion !

Mais je me suis accrochée, pour une fois ; j'espérais un signe de lui quelque part sur la Toile…

Comme il n'y avait rien, j'ai tapé « Mali » sur Internet. Je voulais voir dans quel environnement il évoluait. J'ai cliqué sur « images ».

Putain. Ça m'a choquée. Tu tapes « Mali », ton écran devient kaki. Tu n'as QUE des images de guerre. Des soldats, des camions militaires, des cercueils, des armes… Du coup, j'ai tapé « Algérie », pour voir. Algérie, tu as des images de manifestations, des foules vert, blanc et rouge, drapées aux couleurs du pays.

Et puis j'ai tapé « Syrie ». Et là : horreur. Ton écran se fait tout gris : tu n'as droit qu'à des visions cauchemardesques de villes réduites en poussière. Je me suis endormie super tard après avoir tapé « Angleterre ». J'avais enfin eu droit à de belles images, de merveilleux décors. C'est là qu'il faut aller. Dans le vert anglais.

– Ève, tu viens ?

Ces toniques. Ça me heurte toujours l'oreille. Il n'y a aucune raison pour que Vilma ait un accent : elle est française, d'origine française, cent pour cent bretonne. Et pourtant, on entend des modulations singulières dans sa voix. D'où viennent-elles ? Ce n'est pas une inflexion qui viendrait relever ses voyelles, comme une pincée d'épices un plat, plutôt une façon de désorganiser le rythme des phrases. Elle prononce les mots comme si elle les traduisait depuis une autre langue. Une langue qu'elle seule connaîtrait, parlée uniquement dans son monde.

À moins que ce ne soit un accent anglais, vestige d'un héritage inconnu, ressorti d'outre la tombe d'un lointain ancêtre non homologué au catalogue officiel des Guyomarc'h, le patronyme de ma mère. Et donc le mien.

Toute la famille s'appelle Deville, sauf moi. Vilma Deville, Denis Deville, Gilbert Deville, Ève Guyomarc'h. Cherchez l'erreur.

Et à ce propos, oui, mon frère s'appelle « Gilbert », en vrai – c'était le prénom du père adoré de Denis. J'ai toujours dit que ça relevait de la maltraitance de nommer ainsi son enfant. En attendant, on ne l'a jamais appelé que « Gigi ».

Denis, lui, dit toujours que Gigi sera content, une fois adulte, de retrouver son prénom entier. Monsieur Gilbert Deville… Quand on l'appelle comme ça, ça le fait rigoler, Gigi. Et moi aussi, ça me fait drôle. Je l'affuble aussitôt, en pensée, d'une cravate.

– Flemme. J'ai envie de faire la grasse mat'…

Ce matin j'ai le plus grand mal à sortir de cet endroit délicieux qu'est le dessous de ma couette.

Vilma passe la tête en entrouvrant à peine la porte, juste pour m'apercevoir. Pour ça, je dois reconnaître, elle est très respectueuse. Jamais elle n'entrera dans ma chambre sans me prévenir.

– Je vais faire des courses. Tu ne veux pas en profiter pour faire tes cadeaux de Noël ? Je pourrais te laisser le volant. Ça fait longtemps que tu n'as pas conduit.

– Non, ça va, j'irai plus tard avec Leila. T'inquiète.

Vilma s'en va avec un sourire. Je souris aussi. Chaque année, c'est la même chose, mais je m'en fous et elle le sait. Elle aura son cadeau, de gré ou de force ! Vilma se fiche totalement qu'on lui offre un cadeau, et même je crois que ça lui déplaît. Mais j'y tiens. J'ai l'impression que ce rituel un peu idiot nous relie avec le monde des humains.

Cette année, je lui offre une photo.

Un peu plus tard, je rejoins Leila chez elle. On passe d'abord une heure à essayer des rouges à lèvres.

Il y a cette vendeuse de chez *Séphora* qui est d'origine algérienne. Leila lui a raconté son histoire et, depuis, la meuf la couvre d'échantillons. Les meilleurs, pas ceux qui sont dans des papiers, en minuscule quantité et pas pratiques du tout ; ceux qui sont dans des tubes et des flacons, les versions miniatures des vrais produits !

Moi, ça me branche moyen d'essayer des rouges à lèvres, mais Leila adore. Alors je me laisse gagner par son plaisir. C'est vrai qu'ils sont mignons, les mini-rouges. On étale des mats, des brillants, des *glossy*, des *glitter*, des laques, des métalliques, des *ultimate*… Qu'est-ce qu'un rouge à lèvres « ultime » ? je me demande. Genre, il n'y a plus rien après ?

On essaie aussi des satinés et des multi-texture. On est entrées dans le monde du rouge à lèvres, quoi. Un univers en soi, un univers en soie. On embrasse des feuilles de papier, des Kleenex, des miroirs. On s'embrasse le dos de la main. On s'embrasse sur la joue, le front. On s'embrasse sur la bouche. Pour de faux, bien sûr. C'est un jeu.

Leila rit, Leila dit « Alors, c'est ça que ressentira le garçon qui t'embrassera... Fais voir encore... Hmmm, pas mal... »

Je sens la pointe de la langue de Leila, c'est frais et doux, le rose me monte aux joues... Elle dit que le rouge mat, ça me va trop bien, que je devrais en mettre plus souvent. C'est vrai que sur ma peau pâle, il fait sensation. Et même si j'ai les lèvres fines, comme celles de ma mère, je dois admettre que c'est assez joli.

Cela dit, rien à voir avec le sourire éclatant de vitalité qu'arbore Leila avec sa grande bouche sensuelle. Cette meuf est trop sexy. Si elle sort avec du vrai rouge sur les lèvres, Leila, c'est comme si elle sortait à moitié à poil.

À la fin, je lui dis qu'on ferait mieux d'effacer tout ça, mais elle sourit et répond que pas question, on y va !

On doit faire une heure de car pour avoir la chance de faire les magasins. Je regarde autour de nous pour voir si Leila est le centre de l'attention... mais en fait, non, pas spécialement ; j'ai exagéré, comme toujours. On descend dans la rue principale et elle se pend à mon bras pour nous promener. Je suis à la fois un peu gênée de cette intimité et en même temps fière qu'une fille si belle soit mon amie.

Je repense à ses lèvres sur les miennes. J'ai l'impression d'avoir appris un secret. Je sais désormais la douceur de son baiser. Je sais sa fraîcheur, sa tendresse. Je connais la pression de ses lèvres veloutées. Je suis dans cette confidence. Et quelque chose palpite au creux de moi...

Leila me sourit, je regarde ailleurs. J'ai peu honte de ce que pourraient être ces papillons dans le bas de mon ventre. Elle tapote l'écran de son portable. On dirait que rien ne la travaille, elle.

Au centre commercial, on se promène côte à côte, fières comme des princesses. Nous sommes deux bombes qui ont tous les pouvoirs et les gens que nous croisons ont l'air de le savoir ! Ils s'effacent devant nous et nous donnent la priorité.

DE JOUR EN JOUR (3)

Samedi 17 novembre du temps présent, 10 h 10

L'ange a posé son doigt sur ma bouche une seconde fois.

La tête tranchée est celle de Benjamin. Elle s'échappe de mes mains, roule à terre jusqu'à rencontrer l'angle du mur et s'immobilise.

Je ne suis plus qu'un cri. Un bref instant, les battements de mon cœur se confondent avec les basses de la musique de *Zombie Zombie*. Je me relève ; je ne suis plus engourdie. Et je cours, je cours.

Par miracle, je réussis à sortir du bâtiment. Je traverse l'esplanade en un éclair, j'escalade le talus et rejoins la forêt. Je m'y enfonce d'instinct. Autour de moi, des ronces hautes de deux mètres me giflent le visage et le corps à travers les vêtements. Elles m'agrippent et ralentissent ma progression. Il faut pourtant que je passe à travers pour rejoindre le rivage à l'ouest.

Rentrer à la maison.

L'instant d'après, je boite et frôle l'arythmie. Le vent souffle une musique en harmonie avec celle diffusée là-bas, au loin, par les énormes enceintes de la soirée à laquelle je viens d'échapper. Les feuilles mortes, les herbes folles valsent et tourbillonnent en cadence, Mais moi, mes pas, mon cœur, tout mon être est décalé. Je suis traquée, détraquée, désynchronisée.

Aussitôt je ne pense plus qu'à ça : retrouver le rythme. Être à nouveau en accord avec le monde. Je me sens telle la seule pièce du puzzle qui ne correspond à rien, peut-être échappée d'un autre jeu. Une anomalie.

J'entends des voix. Non ; j'entends *une* voix. Une voix si grave qu'on la dirait non pas sortie d'une gorge mais d'une caverne. Elle est harmonisée avec le vent, elle. Je suis l'intruse. Qu'est-ce que je fais là ?

Sortir de ces ténèbres à tout prix. J'aperçois la tourelle d'un phare. Elle me fait signe, c'est là que je dois aller !

En marchant, je ressens des vibrations. Des sabots qui piétineraient le sol, pleins de fureur, prêts à bondir ! Quelqu'un ou quelque chose veut me dissuader d'avancer ! Si je veux rester vivante, je dois garder le cap, foncer droit devant.

Je hâte encore le pas. Derrière moi, il y a... cette tête... enroulée dans des tissus. Celui qui a fait ça... il me cherche, je le sais... Comment lui échapper ?

Ce n'est pas que je ne sens plus la douleur : je l'éconduis plutôt. Je ne fais plus attention au sang dans mes paumes, j'ignore la cheville blessée qui fait hoqueter mon allure. Je continue, pour aller plus vite, d'attraper les ronces ou de les écarter du dos de la main. Ce sang – il y en a trop pour que les ronces en soient la cause.

Mais voici que les pas se rapprochent ! Une bête humaine court à ma hauteur, à présent ! Elle a cette crinière de dreadlocks qui lui fait une drôle de tête... une tête de taureau. Je voudrais crier – je n'y arrive pas. Je redouble d'efforts pour la devancer ; dans ma poitrine mon cœur s'emballe... Combien de temps vais-je tenir à ce rythme ?

C'est étrange, le Minotaure ne me fonce pas dessus. Il se contente de courir dans la même direction que moi, sur une droite parallèle. Je lui jette de brefs coups d'œil. Sa montagne de dreads descend jusqu'à sa taille. Il est nu, à l'exception d'une peau de bête enroulée autour des hanches, et il se sert d'une machette pour trancher les ronces.

Il oblique vers la gauche. Sa gueule, ouverte sur deux rangées de dents acérées, brillantes de bave, étincelantes, grossit au fur et à mesure qu'il se rapproche... Son haleine chargée emplit l'espace, tandis que je suffoque… Je cours encore, je cours, je cours de toutes mes forces, mais la Bête est plus rapide.

Elle me dépasse, se jette sur moi.

Je m'arrête net, prête pour le face-à-face.

La Bête a la peau claire sous la crasse, des yeux bleu glacier… et deux-cent-cinquante-huit-mille taches de rousseur. Elle est comme mon reflet déformé. Sous le choc, je cesse de hurler – et l'autre reprend sa course en direction du phare. Ou est-ce moi ?

Le silence m'attrape et me serre le cou de ses doigts glacés.

Puis il me sort de ce cauchemar. J'ouvre les yeux, me découvre en nage.

Ça fait des mois que ce mauvais rêve me poursuit. Il ne me lâche pas. *After the road, after the rain, after bad dreams fell in you brain*… Ça chante en sourdine dans ma tête.

Mes yeux tombent sur la feuille rose. Ce matin, si je ne sais pas quel jour nous sommes, je sais au moins que ce n'est pas le 1er janvier. Je le sais immédiatement.

Oh ! Ça c'est une bonne nouvelle : pour la première fois, je me réveille au présent.

Je lis le mot, la lettre, j'avale les gélules toutes ensemble avec une gorgée d'eau. Qu'elles m'étouffent ! Ensuite, j'enfouis la tête sous mon oreiller – je ne veux pas de cette journée. Tant de fois j'ai fait cet horrible cauchemar ! Il n'est jamais tout à fait le même, mais toujours j'y cours à perdre haleine, boitant, du sang sur les mains, pour échapper à cette bête…

Je le faisais même deux fois par jour, à une époque : la nuit chez moi, et puis l'après-midi lors de mes rendez-vous avec Madame Hanka.

La première fois où j'ai cauchemardé à son cabinet, c'était lors d'une séance d'hypnose. Je m'étais mise à trembler si fort qu'elle avait jugé préférable d'écourter la séance. Elle m'avait ensuite recommandé de rester allongée et de me remettre tout doucement de mes émotions, puis elle avait ajusté la couverture sur moi – une couverture bleu et blanc, cent pour cent polyester, c'était marqué sur l'étiquette.

– C'est bien, m'avait-elle dit avec gravité. Vous progressez, Ève.

Elle m'avait fait un sourire chaleureux, cent pour cent bienveillance (qui me donne encore aujourd'hui cent pour cent envie de me jeter par la fenêtre).

À partir de là, les séances avec elle se sont succédé à un rythme plus soutenu. À la fin du mois de juillet, elles avaient lieu tous les jours. Madame Hanka nous avait été recommandée par une amie de ma mère qui avait eu affaire à elle dans je ne sais quel moment difficile de sa vie. Madame Hanka n'est pas une psy. Elle plante des aiguilles, hypnotise, masse.

À elle, je ne parlais pas de mes journées, de la chaleur de l'été, de la froideur de ma mère ou de mon amnésie. Simplement, je m'allongeais dans la pénombre sur sa table de massage. Parfois, je m'endormais et me sauvais dans des cauchemars.

Me sauvais de quoi ?

Durant les séances d'hypnose, elle me recouvrait toujours d'un drap et – truc chelou – elle posait des galets sur moi. Je me demande de quelle crique ils provenaient… Peut-être avaient-ils été ramassés sur celle où l'on m'a retrouvée, dans ce trou à crabes ?

Une fois qu'elle me sentait détendue, Madame Hanka s'adressait à moi d'une voix douce et détimbrée ; elle me demandait de penser à un lieu réconfortant. Je cherchais un moment du passé, avant que la famille ne soit disloquée… mais je ne tenais jamais longtemps et finissais immanquablement par me retrouver dans cet espace-temps où je fuyais la soirée, seule, effrayée, poursuivie.

Un jour, j'ai demandé à Madame Hanka si ces cauchemars allaient au moins me conduire sur le chemin de la vérité. Ça lui avait pris une minute avant de me répondre.

– C'est toi qui sais, jeune fille.

Tout ça pour ça ?! C'est moi qui savais ? C'est moi qui savais *quoi*, exactement ?! Je ne sais rien justement, c'est ça le problème ! C'est bien pour ça que je me retrouvais à faire la crêpe sur sa table !

Ou alors… je ne sais pas que je sais.

C'est comme cette marque que l'on a tous sur la lèvre supérieure. Ce serait *la marque de l'ange*. Selon une certaine croyance, nous saurions tout sur le monde et l'univers avant notre naissance ; mais l'ange, pour nous permettre de parcourir par nous-mêmes les chemins de la connaissance, nous intimerait l'oubli en posant un doigt sur notre bouche. La mémoire de notre savoir universel nous serait ainsi ôtée juste avant notre venue au monde, au moment précis où l'ange nous marque le visage de son empreinte indélébile…

C'est Madame Hanka qui m'a raconté ça. Ainsi, a-t-elle conclu, nous naissons vierges de toute information sur ce monde dans lequel nous venons d'être projetés. Nous sommes sans passé et devons tout construire. Pourtant, la marque de l'ange nous le dit : nous avons un passé. Nous avons su. Nous en connaissons bien plus que nous ne le pensons. Et c'est vrai que, en certains moments de notre vie, nous pouvons « ressentir » l'existence de ce vaste réservoir de savoirs qui nous est proche – sans être à notre portée.

Moi, c'est ainsi que je me sens : ayant eu la connaissance, mais ne l'ayant plus. L'ange a posé son doigt sur ma bouche une seconde fois. À quel moment, dans cette nuit du 31 décembre ?

Une autre question me hante, que je n'ose pas poser. Ai-je du sang sur les mains, comme dans mes cauchemars ?

Dans *tous* mes cauchemars ?

***

Le soleil perce à travers les rideaux. Assez rêvassé, il faut que je me lève.

J'entends des voix dans le salon. Qui ça peut bien être ?

Par la fenêtre, je remarque la fourgonnette du garde champêtre Lebeuf, garée à l'extérieur. Sur la route, derrière, glisse sans bruit la vieille Le Guen qui hante le village dans son fauteuil électrique, comme un fantôme oublié.

Vilma n'était jamais là à mon réveil dans le temps d'avant. Maintenant que Denis est parti, elle est plus présente. Elle aurait mieux fait de faire ça plus tôt : peut-être ne serait-il pas parti.

C'est bien le garde Lebeuf qui est avec elle. En me voyant descendre l'escalier, il se lève, me tend la main, une grande main rugueuse. Je la lui serre. La même question me vient à chaque fois que je le vois : est-ce qu'il a des nouvelles de Leila ?

– Aucune, désolé, me dit-il en se raclant la gorge.

Je regarde Vilma qui regarde ailleurs. Lebeuf me demande comment je vais. Je prends un air consterné. Je ne peux pas aller bien tant que je ne saurai pas où est passée mon amie !

Il hoche la tête en signe d'impuissance. Oh, je me doute bien de ce qu'il pense : Leila est majeure, elle a le droit d'aller où elle veut et, qui plus est, il n'y a aucune preuve qu'elle ait été kidnappée ou qu'il lui soit arrivé malheur. Sauf que voilà, ce qu'il ne mesure pas – que *personne* ne mesure – c'est que Leila ne serait JA-MAIS partie sans me prévenir.

Vilma a sorti des gâteaux. Elle pousse l'assiette devant moi. Comment peut-elle imaginer que j'aie le cœur à ingérer quoi que ce soit ? Ma mère est sans doute la personne qui me connaît le plus mal…

Déçue, je remonte dans ma chambre. J'entends le murmure de leurs voix. Je n'ai jamais compris ce que ma mère trouvait à ce moustachu. Je hais leur connivence. OK, c'est son ami d'enfance, mais qu'est-ce que ça change au fait que ce soit un lourdaud ringard ?

Quant à lui, je ne sais pas ce qu'il fout ici à tourner autour d'elle depuis que Denis est parti. En tout cas, on peut être bien certain que ce n'est pas pour proposer son aide. Leila, il en a rien à foutre ! Si ça se trouve, c'est un gros raciste.

Quand je veux redescendre, un quart d'heure plus tard, pour taper un truc dans le frigo – tout compte fait, j'ai faim –, du haut de l'escalier, je crois avoir la berlue. Lebeuf a pris Vilma dans ses bras ! Et elle se laisse faire ! Il lui passe tendrement la main dans le dos. Je reste un moment à les regarder sans comprendre, jusqu'à ce qu'il me voie et se dégage de cette étreinte cheloue.

Lebeuf passe alors sa main dans sa moustache et prend congé. Juste avant de partir, il me jette un coup d'œil, et je lis un truc qui me révolte sur son visage : de la pitié.

Qu'il aille se faire foutre, avec ses bons sentiments de merde ! Il n'est capable que de ça et ça ne sert à rien ! Ma mère et moi, on n'a pas besoin de sa pitié. Nous, ce qu'on veut, c'est qu'il fasse son job – hein, Vilma ?

Ma mère met son blouson, attrape un licol au clou de l'entrée et regarde Lebeuf partir dans l'opale du jour naissant. Elle serre ses mains si fort sur le licol que les jointures de ses doigts sont toutes blanches. Son visage a pris une teinte grise, comme si le soleil ne l'éclaboussait plus, comme si en elle l'orage grondait, la pluie tombait dru. Comment être sur la même longueur d'onde que cette femme ? Je ne la comprends pas. Vilma est une paroi lisse. Vous pouvez toujours essayer de vous accrocher.

LES VACANCES DE NOËL (3)

25 décembre du temps d'avant, 9 h 12

On pleure. Ça nous fait rire.

C'est Noël. Youpi ! Gigi est levé le premier, forcément. J'entends son pas qui dévale joyeusement l'escalier. Heureusement que cet enfant existe, sans quoi cette maison serait hivernale toute l'année !

À chaque Noël, depuis qu'il est tout petit, il veut que je l'accompagne pour ouvrir ses cadeaux. L'année dernière, j'étais crevée et je l'ai rembarré. *Gigi, laisse-moi dormir...* J'étais dans une sorte de glue qui me retenait dans le lit. Et puis, Gigi m'a sauté dessus pour me secouer, alors j'ai senti monter du bout de mes pieds un énervement qui s'est propulsé jusque dans mes dix doigts. Il fallait que cette énergie sorte... et c'est ce qu'elle a fait, provoquant une séance de chatouilles de ligue 1 !

Au début, je cherchais surtout à le punir de m'avoir réveillée, mais dès que son rire a retenti, toute ma colère s'est envolée. Je ne désirais plus qu'entendre ce rire, encore et encore... Follement gai et communicatif !

Denis a passé un buste pyjamaté par la porte en me faisant discrètement signe de continuer : ils n'avaient pas encore mis les cadeaux sous le sapin !

J'ai fait semblant de ne pas avoir le dessus pendant une minute ou deux avant de m'asseoir sur son ventre, calant ses deux bras sous mes genoux et le torturant de chatouilles.

– Qui est la plus jolie ?

– C'est... Maman !

– Quoi ?!

– Non non, c'est toi Évy !!!

– Ah, je préfère ça. Et qui est la plus intelligente ?

– C'est ma m...

– Attention, Bro...

– C'est ma... maîtresse, oui, c'est ma maîtresse !

Mort de rire, le sale môme.

– Ta maîtresse, hein ? Tu es bien sûr ? C'est elle la plus intelligente, d'après toi ? Et ça, qu'est-ce que tu en dis, hein ? C'est intelligent ?

Et je le roue de chatouilles jusqu'à ce qu'il abdique et il rit de plus belle :

– Non, d'accord, d'accord !! C'est toi Évy, la plus belle et la plus intelligente...

Je suspends mon geste...

– Après Maman et ma maîtresse !

Et c'est reparti !

À la fin de ce genre de séance, on est tous les deux épuisés, et souvent, on se rendort – mais pas le matin de Noël... Le matin de Noël, c'est juste un câlin, un moment de calme fugace et bientôt ses petites jambes nerveuses s'agitent sous les draps, l'extraient du lit et le catapultent vers le salon. Je ne peux alors qu'espérer que Denis ait fini d'installer les cadeaux !

Ce n'est pas que Gigi croie encore au Père Noël – ça fait bien longtemps que Vilma lui a dit. Mais Gigi veut faire comme si tout ça était vrai. Et ce n'est pas moi qui le blâmerais. Quand la réalité est moins belle que la légende, vive la légende non ?

Bref, c'est ainsi que ça s'est passé à Noël dernier.

Mais cette année, Gigi dévale l'escalier sans passer par ma chambre. C'est une première. Grandir, des fois, c'est pas marrant.

D'une manière générale, Gigi ne sait plus trop comment me prendre, en ce moment. Moi non plus, d'ailleurs, je ne sais plus trop comment me prendre. Hier soir, je me suis mise en colère parce qu'il venait m'embêter dans ma chambre alors que j'avais envie d'être seule pour penser à Benjamin. *Pour une fois, un peu de tranquillité c'est trop te demander ?*

Et j'ai entendu la voix de Vilma.

– Gigi, laisse ta sœur tranquille !

Pourquoi ça m'a tellement irritée ? C'est ce que je voulais, pourtant. Mais dans la bouche de Vilma, je n'en voulais plus. Souvent, Gigi m'énerve au plus haut point, mais aussitôt après il me manque à l'infini. Comme si, désormais, j'oscillais entre l'éternité et la fragilité de l'instant présent, entre l'enfance et l'âge adulte. Ça me rend folle.

En ce matin si particulier, j'ai envie de lui dire de venir. Je ne le fais pas. Il est trop tôt, je me rendors, fatiguée par avance de cette journée qui me plaît sans me plaire. Elle s'annonce à peine et je la connais déjà par cœur.

Au petit déjeuner, on va déballer les cadeaux. Je sais déjà le mien : la paire de bottines achetée avec Vilma. C'était *exactement* ce que je voulais. Ça vous arrive, à vous, de sentir que votre vie va être différente si vous possédez une paire de bottines, pas n'importe laquelle bien sûr, celles en peau claire, avec le talon légèrement biseauté, juste ce qu'il faut biseauté, qui sont dans le plus joli magasin du coin, le seul *concept store*, celui où il n'y a qu'un seul exemplaire par taille ?

Elles étaient chères, mais pas trop, un budget accessible pour Vilma. Alors j'ai fait mes yeux de chat suppliant et elle a dit oui. À elle, je lui offre une photo d'Elsève. J'ai payé pour un tirage grand format et un encadrement. La jument est debout sur ses pattes arrière. Elle rue.

Ce n'est pas une ruade de colère ; c'est une incompréhension. Lorsque Vilma a emmené Loréal pour le faire examiner, Elsève n'a pas réagi. Mais deux jours plus tard, elle a commencé à tourner en rond, à montrer des signes de nervosité. Je crois qu'elle se rendait compte qu'il y avait un problème. Loréal lui manquait.

La lumière était froide mais belle ce jour-là, c'était un petit matin clair. J'ai couru chercher mon appareil, je me suis approchée et, au moment où j'ai appuyé sur le déclencheur, Elsève s'est élevé le plus haut possible sur ses pattes arrière en secouant sa crinière.

La photo est sublime. Presque rien eu à faire sur Photoshop.

J'ai acheté un tee-shirt marin à Denis. Il en a déjà, mais celui-là est marrant, il a une énorme tête de bouledogue sur le devant. Il lui ressemble un peu, hé hé, mais chut, on va pas lui dire ! Et pour Gigi, je me suis décidée pour des places au zoo de Carhaix. On partira tous les deux en train le matin et on reviendra le soir. Il sera super content. Et moi aussi.

À midi, Manon et Louise arrivent avec Charlie et Alix. Manon est la cousine de Vilma, on fête toujours Noël et le jour de l'an ensemble. Manon nous serre dans les bras à nous étouffer, Gigi et moi. Je l'adore. C'est de l'amour en barre, cette femme. Elle est géniale, la joie de vivre incarnée. Plus tard, j'aimerais être comme elle.

Louise, sa nana, est plus difficile à cerner. Elle ressemble à ma mère : elle ne parle pas beaucoup. Parfois, il m'arrive de surprendre son regard sur moi. Elle a l'air de se demander qui je suis : un point que l'on a en commun.

On prend l'apéro ; Papa a fait des gougères. Avant, Alix et moi, on laissait les grands boire du cidre pendant qu'on s'amusait à cache-cache avec les petits. Je faisais semblant de me dévouer pour les gamins, mais en vrai, ça me plaisait de me cacher.

J'étais douée pour ça. On mettait un temps fou à me repérer. Entre-temps, je me laissais aller à des divagations sans fin, réduisant mon univers à cinquante centimètres autour dc moi. Ce royaume minuscule m'enchantait. J'étais Alice, géante, dans la maison du lapin blanc. J'observais le moindre fétu de mon royaume, la moindre fourmi. Les insectes étaient mes sujets. Certains venaient me confier une histoire, d'autres simplement prendre de mes nouvelles et me donner des leurs. Telle araignée avait des problèmes de voisinage avec un orthoptère particulièrement bruyant. Un cafard cradingue entendait pourrir la vie d'une cigale joviale et se faisait finalement becqueter par toute la fourmilière voisine. Un très beau papillon bleu et or venait me souhaiter un bon anniversaire, je l'en remerciais.

– Mais ce n'est pas mon anniversaire…, j'ajoutais.

Et il m'assurait que si, qu'on ne m'avait pas tout dit sur ma naissance, que j'aurais des surprises, de bonnes surprises à l'avenir… Je faisais mine de le croire, je sentais qu'il avait raison.

En attendant, je restais calme, la respiration au plus bas, jouissant de sentir mes membres s'ankyloser doucement, me questionnant au sujet de ce qu'il y avait après, par-delà l'ankylose… Peut-être faudrait-il me casser en plusieurs morceaux ou me déplacer d'un bloc, telle une statue. Ce papillon m'avait-il jeté un sort, allais-je me pétrifier ? Qui pour m'embrasser ensuite et enlever le sortilège ?

Manon s'extasie sur mes bottines. Charlie et Gigi sont surex', ils n'arrêtent pas de rigoler. On déguise Gigi. J'adore déguiser Gigi, c'est mon jouet préf' ! On lui met une chemise noire et un chapeau en feutre, une cravate blanche et un gilet mille fois trop grand.

Il est trop mignon. On l'appelle « Monsieur ».
– Monsieur Gilbert Deville est attendu à table.
– Monsieur Gilbert Deville est prié de débarrasser son assiette.
Il kiffe. Alix fait tout pareil que moi, me suit partout et ça me fait bien marrer. Elle a quatorze ans et veut jouer à la grande…

Après le repas, on demande l'autorisation d'aller faire un tour toutes les deux. On prend les vélos et on trace vers le village.
Il n'y a personne sur la place. Un désert urbain… C'est assez triste. Les déserts sont faits pour être déserts et les villes pour être peuplées, non ? Ici, on vit dans des contradictions. On s'assoit sur le banc et on ne fait rien. Posées, au calme.
On attend. Il y a toujours quelqu'un pour passer, en général. On attend. On sait faire.

C'est Fred qui gare sa mob près de nous en premier. Il est en route pour Guingamp, voir son père, d'astreinte à la gendarmerie. Sa grand-mère a fait des gâteaux pour les gendarmes, il nous en propose, mais on fait non non, merci, on a trop mangé, on en peut plus ! C'est pas vrai et je ne sais même pas pourquoi on a répondu ça… Peut-être pour se donner l'illusion qu'on est comme tout le monde, à se goinfrer lors des repas de fêtes de fin d'année ?
Mais la vérité c'est que Noël ou pas, c'est un peu la même chose, chez nous. C'est pas une question d'argent, plutôt une mentalité, presque une coquetterie.
Fred propose de nous emmener faire un tour et on se serre derrière lui. Il nous explique qu'il a rendez-vous

dans la soirée avec Ludo et Lukas, pour organiser le réveillon.

– Vous avez besoin qu'on vous aide ? je dis. On pourrait vous rejoindre.

– Non, impossible, répond-il. C'est top secret pour l'instant…

Alix demande si elle pourra venir à la soirée.

– Hmm, désolé, mais non. C'est pas un truc pour les gamins. Faut être un peu costaud, quand même.

Je le regarde avec étonnement.

– Ah bon ? C'est un plan du genre dangereux ?

– Mais non, t'inquiète.

Et puis, comme je fronce les sourcils, il ajoute :

– Ce que je peux te dire, c'est que tu t'en rappelleras toute ta vie.

La mobylette pétarade. On file tous les trois dans le vent. Alix et moi, on pleure. Ça nous fait rire.

LA SOIRÉE (3)

31 décembre du temps d'avant, 22 h 58

Action ou vérité.

Ga-ël ! Ga-ël !

Il est tout rouge, Gaël ; il n'a pas l'habitude d'être le centre de l'attention. C'est un grand gaillard, sec et carré. Il ne parle pas beaucoup, mais il sait faire plein de trucs : conduire un Zodiac en pleine tempête, par exemple. Réparer des moteurs, des tuyaux percés, des serrures grippées. Attraper un type par le cou et le soulever de terre si nécessaire, sauver le petit frère d'Alana de la noyade l'été passé. Son père est marin pêcheur. Il ne le voit pas beaucoup. Il l'appelle « le père ». Avec « le père », quand il est là, ils vont pêcher la coquille, le bar, le maquereau, que sais-je.

Mais il y a un truc qu'il ne sait pas faire, c'est répondre à des questions personnelles. Et il n'aurait pas dû choisir *vérité*. Il s'est laissé endormir par l'innocence des questions précédentes…

On est tous assis, autour du feu. S'il n'y avait pas le gros pansement sur le front d'Evan, on pourrait croire qu'il ne s'est rien passé. Même Livia s'est calmée. Fred lui a parlé, elle a vomi un bon coup et s'est allongée dans la plus grande des tentes.

Je viens d'aller la voir : elle va bien, elle s'est endormie. En cherchant une couverture dans un coffre, je suis tombée sur le pistolet de Brendan, planqué sous des polaires. Je l'ai replanqué tout au fond de la pile. Je ne tiens pas à ce que ce fou de Brendan remette la main dessus parce qu'il a un peu froid…

Les flammes dansent sur nos visages. Le brasier, immense, réussit l'exploit de nous tenir chaud. La lune est maintenant cachée sous un voile effiloché de fins nuages blancs.

Derrière nous, sur la dalle, le Lord est aux platines. Ambiance *chill*. Il a gardé son costume, perruque et bicorne, et il mixe, debout, concentré sur les *vibes* qu'il émet. Je distingue une petite éraflure qu'il s'est faite sur le poignet juste sous la salamandre. Elle saigne encore sous la chemise blanche.

Je donne peut-être l'impression de prêter attention à ce qui se passe autour de moi, mais c'est faux, archifaux. Oui, mes yeux sont tournés vers Gaël, et oui, ils aperçoivent le Lord, mais c'est Benjamin qui les captive. Je suis seule au monde avec Benjamin. Son visage, sa silhouette se détachent sur le fond d'une réalité vague et floue. Son sourire est au premier plan.

Ses cheveux ondulent devant ses yeux. Je voudrais y glisser mon doigt. Enrouler mèche après mèche ce mec autour de moi. Qu'on ne puisse plus nous démêler.

– Allez, Gaël, tu dois répondre ! le tanne Nolwenn (qui a posé la question).

– Ça se dit pas, répond-il en haussant les épaules.

– Mais comment ça, ça se dit pas ? Pff, dis plutôt que tu veux pas répondre… Allez, tout le monde sait la vérité !

– Ben alors, si tout le monde sait, pas la peine que je le dise…, tente-t-il encore.

– C'est le jeu, insiste Bubble Girl. D'ailleurs, moi, je sais pas.

– Vous la connaissez pas, de toute façon, rétorque Gaël.

Pas de doute, il cherche à gagner du temps.

– Bon, je répèèèète la question ! bêle Nolwenn, Gaël, quel est le prénom de la personne avec qui tu as couché pour la première fois ?

Cette fois, Gaël a carrément envie de disparaître sous terre. J'ai pitié de lui. À mon avis, il n'a jamais couché. D'ailleurs, les autres se disent la même chose.

– Laisse tomber, se marre Brendan. Le gars, il a jamais rien fait…

– Bweuah, renchérit Joël.

Gaël rougit encore plus.

– N'importe quoi, se défend-il.

J'en entends plusieurs qui ricanent, ce qui est idiot parce que Gaël n'est certainement pas seul dans ce cas. Il y a moi, déjà.

Rapide regard sur Benjamin. Cette mèche, ces cheveux fous. C'est vraiment ce que je préfère chez lui. Je voudrais passer ma vie dans ces centaines de boucles. Les admirer sous toutes les lumières. Les voir s'étoiler sous tous les soleils de toutes les saisons. Les voir s'étoiler dans des bleus matins d'un blanc éclatant. Les voir s'étoiler le soir, à la terrasse d'un restaurant. Les voir s'étoiler ici, au bord de la mer, chez lui, au bord de la terre. Les voir s'étoiler quand il est triste, quand il s'ennuie, quand il doute. Les voir s'étoiler quand il est sûr de lui, quand il exulte. Les voir s'étoiler quand il sourit, les caresser quand il pleure. Les voir s'étoiler quand il a chaud, quand elles se parent de perles d'eau. Les voir s'étoiler sur un drap blanc, dans une nuit noire, sur le grain de ma peau.

Tout à coup, Leila me sort de mes rêveries en prenant la parole. Leila, la seule qui pouvait faire ça. Elle s'adresse à Gaël :

– Bah, dis-leur ! Qu'est-ce que ça peut faire ?

Les autres se marrent encore ; ils pensent qu'elle joue le même jeu qu'eux, qu'elle veut s'amuser en tourmentant Gaël. C'est mal la connaître. Leila, mon soleil.

Gaël la regarde. Il a compris. Elle lui sourit. Mais elle ne veut pas que ce soit seulement lui qui comprenne. Alors elle poursuit :

– Vas-y, sérieux. Tu peux le dire, je ne t'en voudrai pas…

Mais il est incapable de « le dire ». Alors elle va plus loin. Elle se lève, s'accroupit derrière lui, elle passe la main sur son torse, à l'intérieur de son pull et l'embrasse sur la bouche.

– Et je peux vous dire, les filles, que c'est un super coup. Et élégant avec ça, puisqu'il ne s'en vante pas. C'est bon, on passe à autre chose ? dit-elle en se relevant.

On est tous stupéfaits. Je ne sais pas si tout le monde est dupe, mais même moi qui ne devrais pas, je doute. C'est sûr, Leila vient de rendre un sacré service à notre ami Gaël !

Sidérée, Inès semble incapable de détacher de lui un regard soudain songeur. Et voilà comment on passe du statut de puceau timide à taiseux sexy.

Encore tout chamboulé d'avoir échappé au carnage, Gaël me désigne. Je choisis « vérité ». Il pioche un papier blanc.

– D'où vient le nom de cet îlot, « Deroch » ?

Ouf, je m'en tire bien.

Sauf que je n'en sais fichtre rien. Gaël regarde Fred et les jumeaux. Fred le Très Organisé sort une fiche de sa veste multipoches. Je tente, pour éviter le gage :

– Euh, ça a un rapport avec les rochers ?

– Non, aucun rapport avec les rochers ! Bon, Ève, tu vas avoir un gage…

– Non, attends !… Euh… C'est le nom de quelqu'un !

– Oui, un bon point – mais ça ne suffit pas…

– Euh… Un saint ? Saint Deroch ?

– Presque. Allez, tu échappes au gage.

Il se met à lire sa fiche.

– « *L'îlot Deroch porte le nom d'un moine ayant vécu au 5*e *siècle. Il est éduqué au monastère de Lavrec, une île de* *l'archipel de Bréhat. À l'adolescence, il s'aperçoit qu'il ne se satisfait pas du mode de vie établi par Budic, le religieux qui régente le monastère. Deroch aspire à une vie plus pure, qui ne soit remplie que de prières. À dix-neuf ans, il s'installe sur un petit îlot de l'archipel, où il vivra jusqu'à sa mort, seul et coupé du monde. On dit qu'il ne se nourrissait que de vent mais qu'il subsista longtemps grâce au plancton contenu dans les embruns…* » Hum, ça devait manquer de quatre fromages !

– Et il est mort ici, donc ? demande Rozenn, la bonne élève.

– Oui, juste là, à l'endroit où tu es assise, répond Ludo.

Rozenn ne peut s'empêcher de regarder sous elle, on se marre.

– T'inquiète, bébé, la rassure Fred, Deroch a eu le temps de se désintégrer !

– Hum, grimace Rozenn d'un air dégoûté, c'est pas mieux… Il est dans le sable, maintenant !

On me passe le panier des questions. Je regarde Benjamin. Ce sera pour lui : *Action ou vérité.*

– Action ! répond-il en me regardant d'un air de défi.

Je souris, soutiens son regard et pioche un papier vert. Je le déplie.

– « Va chercher un os. »

Je pouffe. Un os ? Sérieux ? On se retourne vers Ludo et Lukas, qui ont concocté le jeu avec Fred.

– Oui, confirme Lukas, un os de ce que tu veux. Ça va pas être compliqué : il y en a plein au pied de la petite falaise, c'est pas loin.

– Mais pas un os de seiche ! Ça compte pas, il y en a trop, précise Ludo.

– OK ! dit Benjamin en sautant sur ses pieds. J'y vais. Quelqu'un m'accompagne ?

Ludo me prend de vitesse :
– Moi ! Pour être sûr que tu ne triches pas.
– Et comment je tricherais ?
– Est ce que je sais, moi ? En en prenant un des tiens ? J'ai pas confiance !
Ils partent. Et je regarde, dépitée, l'occasion d'être un peu seule avec Benjamin partir sans moi.
On continue le jeu. Les questions s'enchaînent, loufoques ou intrusives – jusqu'à ce que tout à coup, le Lord surgisse devant nous.
Il a un air étrange, et ce n'est pas seulement dû à sa perruque poudrée. Il a entendu un cri. Il pense avoir reconnu la voix de Ludo.
– C'était pas un cri de joie...
On est tous debout en un rien de temps. Fred ordonne à Matéo de rester au camp de base pour ne pas laisser Livia seule. On court vers la falaise.

– Le cri venait de la gauche ! assure Le lord.
Arrivés au-dessus du talus, nous apercevons un étroit sentier bordé de fougères.
– Par-là ! dit Lukas.
Nous empruntons le sentier vers la gauche et, bientôt, entendons nettement Ludo gémir, même si sa voix est étouffée.
On se dépêche. Le chemin se met à longer la mer, comme creusé dans la roche, à une vingtaine de mètres au-dessus de l'eau. On aperçoit au loin la silhouette de Benjamin. Puis elle disparaît.
Fred mène la marche.
– Ça va ? Benjamin, tout va bien ? appelle-t-il.
Benjamin réapparaît bientôt, avant de s'évanouir à nouveau dans l'obscurité. Que se passe-t-il ? On dirait qu'il entre et sort de la roche que nous longeons...

Les cris de Ludo résonnent toujours, ils nous font frissonner. Lukas galope devant. Nous suivons Fred, qui avance avec plus de prudence. On le sent sur ses gardes. Il se tourne régulièrement vers nous pour vérifier que personne ne se blesse sur ce sentier abrupt.

Les appels à l'aide de Ludo se font de plus en plus intelligibles. Alors qu'il arrive près de Benjamin, Lukas se volatilise à son tour.

Nous comprenons pourquoi dès que nous sommes à leur hauteur. C'est dans une grotte qu'ils sont entrés !

Nous y pénétrons à petits pas, intrigués et inquiets. La présence de Leila près de moi m'apaise, mais tout juste ; l'endroit est vraiment effrayant. Nous avons tous un mouvement de recul à cause de l'odeur. Elle est insupportable ! L'humidité, le moisi surtout, mais pas que. Est-ce une odeur de décomposition qui flotte en dessous et que nous respirons ? C'est *horrible*. Je comprends mieux pourquoi Benjamin faisait des allers et retours hors de la grotte : impossible d'y rester longtemps, la puanteur est atroce.

On ne distingue rien pour l'instant. Petit à petit, chacun allume la lampe de son portable tout en se bouchant le nez, et des morceaux de ténèbres s'arrachent à la nuit.

Ce que nous apercevons alors nous glace le sang.

Nous sommes chez quelqu'un !

Il y a des détritus partout. Des boîtes de conserve vides. Des carcasses d'animaux indéfinis et bouffés jusqu'au trognon. Un matelas immonde dans le fond, sur lequel sont jetés un drap et une couverture dans un état de crasse indescriptible. Des murs pleins de mousse et de champignons répugnants.

– Hmmmm… Ahhhhh…

La voix de Ludo !
Elle vient d'en dessous…
Benjamin nous empêche d'avancer plus avant.
– Il est là… il est tombé !
Ludo est pris au piège. Un trou profond dans lequel il gît. Je suis saisie d'effroi.

Livia avait raison. Il y avait bien un… un je ne sais quoi, un ermite ? Enfin, cette chose qu'elle a vue et qui habite là. Je tremble un peu en sortant mon appareil, que j'ai emporté sans même m'en apercevoir. Mon arme. Ma défense.
Je photographie le matelas. Les carcasses. Les os qui traînent sans qu'on sache à quoi (à qui ?) ils appartiennent. Je mitraille le sol, les murs, les visages de mes camarades comme s'il était en mon pouvoir de tout nettoyer, tout annuler avec mon flash. Qui pourrait bien vivre ici, dans ces conditions sordides ?
En arrière-plan, j'entends vaguement Ludo, de sa voix gémissante mais un peu plus ferme, annoncer qu'il a une idée. Il demande à ceux qui étaient penchés vers lui de s'écarter.
– *… à trois, OK ? Une… deux…*
Je comprends qu'il tente quelque chose. Mais je ne me retourne pas : il m'est impossible de détacher les yeux du matelas crasseux. Pourquoi est-ce qu'il me fait penser à mon père ? Pas Denis, l'autre. Le géniteur.

Je suis extirpée de cette sensation de malaise par des exclamations suivies de rires bruyants. Me retournant enfin, je mets un moment à faire le point sur la scène… Ludo est sorti de son trou tel un diable de sa boîte !

Les autres crient, protestent et moi, en voyant sa tête hilare et celle de Benjamin, complice, je réalise qu'on s'est tous fait avoir. On se tourne vers Fred.

Tout ça, c'étaient des conneries ?! On les engueule. Pfff, c'est malin ! Mais n'importe quoi, sérieux ! Ça va pas la tête !? C'est claqué !

Au final, ils se font démonter par les filles ; les garçons, eux, disent qu'ils s'en doutaient et n'ont marché qu'à moitié. Tu parles.

– Non mais Fred, vous avez monté toute cette mise en scène ? je demande sur un ton qui se veut détaché.

– Presque. On a trouvé cette grotte en repérant les lieux. Il y avait le cadavre d'un chat tombé dans le trou. L'odeur était atroce, on a flippé... et ça nous a donné l'idée de vous organiser cette petite attraction ! C'est nous qui avons ramené tous les os et tout un tas d'œufs qu'on a laissés pourrir pour entretenir la puanteur. Si tu regardes bien, il y a même des os en plastique, dit-il avec un clin d'œil.

– Et le matelas ?

– Oh, il ét...

Un hurlement couvre sa réponse. C'est Alana ! Que se passe-t-il encore ?! Je distingue son visage blafard éclairé par les lumières des téléphones. Complètement flippée, elle désigne du doigt une chose par terre dont elle n'arrive pas à se rapprocher.

Gaël attrape un bâton et s'en sert pour décoller l'objet du sol ; un animal mort, peut-être ?

Quand il se relève, une sorte de fourrure pendouille au bout de son bâton. Ce n'est qu'une peau de bête. Mais par terre, on aperçoit un dentier, du charbon de bois, un tube de rouge à lèvres, une perruque... et une machette !

Éclairée de plus près, la machette s'avère être un jouet.

– Putain les gars, sérieux ? grogne Gaël. C'était vous, tout à l'heure ?!

– Oh, ça va ! C'était pour la blaaaague !

Et, dans un grand rire idiot, Ludo enfile la peau de bête sur la tête et fonce vers Alana en grognant. Elle hurle encore mais, cette fois-ci, c'est de rage.

Après avoir immobilisé Ludo, elle lui arrache la peau de bête, puis la lui jette au visage.

– Ça t'a fait marrer de jouer les monstres pour nous foutre la trouille ?!

– Non, c'était pas lui, dit Gaël. Livia l'aurait reconnu.

Ludo acquiesce, hilare.

– Bien vu. C'était le Lord. On avait besoin d'un complice inconnu de tous !

– Je leur avais dit de pas le faire, intervient Fred, mais ils ne m'ont pas écouté.

Je croise les bras, un peu fâchée.

– Ouais, ben c'était débile… Et Livia qui doit encore être morte de peur !

– C'était un peu débile, on est d'accord, répond Fred d'un ton sévère. Mais ne t'inquiète pas pour Livia, je lui ai tout dit, elle est rassurée.

– OK… Au fait, tu ne m'as pas répondu au sujet du matelas. C'est vous qui l'avez amené ici, alors ?

– Le matelas, il était là à l'origine. Je t'avoue qu'on n'avait pas trop envie d'y toucher. Sans doute quelqu'un qui a bivouaqué et qui l'a laissé.

Les autres sortent et retournent à la fête.

Moi, je n'arrive pas à détacher mes yeux de la couche molle, tachée et moisie que quelqu'un a laissée derrière lui au fond de la grotte.

DE JOUR EN JOUR (4)

7 décembre du temps présent, 8 h 14

Bientôt un an que je patauge dans ma boue intime.

Déjà début décembre.

Du fond de mon lit, je regarde les lettres noires se détacher de la feuille rose punaisée à la porte de la chambre. Elles grossissent, se combinent, s'absorbent, forment de nouveaux mots. Je lis *vveeeeeeee, annnnnttttt, rdrdrmic*, *ppsooum*, et puis *pardon, pour, suite, née, tête, Maman*. Je flotte dans cet entre-deux, ce moment où je passe de l'ombre à la lumière. Et puis, soudain, je lis *ÈVE, AVANT TOUT PENSE À PRENDRE TON MÉDICAMENT.*

Oui, bien sûr… le traitement.

Mais ce matin, non seulement je sais qu'on n'est pas le premier janvier, mais je n'ai même pas besoin de lire la lettre dans la boîte. Je sais quoi faire, et à quoi servent les gélules. Mon ticket pour une journée de mémoire !

En revanche, aujourd'hui, je ne vais prendre que la moitié de la dose. Je garde l'autre moitié pour ce soir. Car ce soir, je sors. Oui, j'ai accepté d'aller à une soirée ! Un garçon que je vois régulièrement dans le car.

C'est la première fois depuis… depuis tout ça.

On verra bien. Au pire, je serai un peu confuse, mais ça devrait le faire, non ?

Ça se tente, en tout cas.

Vilma fait un foin de tous les diables dans la maison. Je ne sais pas ce qu'elle fabrique, mais… Zut, je ne sais plus où a lieu cette soirée. Où habite ce garçon qui m'a invitée.

Pas de panique : ça me reviendra plus tard. Ça revient toujours. Tout revient, sauf l'essentiel… Quel jour est-on, au fait ? Un samedi, oui. Lequel ?

Je m'étire. Hé ! L'adresse de la soirée est écrite sur mon avant-bras ! Vilma ne va pas adorer que je sorte –

qu'elle aille se faire voir. Elle veut tout le temps savoir où je suis, mais elle, tu sais jamais quand elle est là.

Cela fait une semaine que je n'ai rien consigné dans mon journal. Le dernier souvenir que j'ai réveillé m'a trop dérangée. La soirée, la grotte, le matelas... Je ne sais pas pourquoi ça m'a fait penser au géniteur. Et pour quelle raison ç'a été si dur. J'ai toujours cru que je m'en foutais, pourtant.

Mais depuis... ça turbine dans ma tête. La personne qui a dormi sur ce matelas, seule au monde sur un îlot désert, est-elle morte aujourd'hui ? A-t-elle des enfants, une famille quelque part ? Pareil pour le géniteur : est-ce que c'est un macchabée, maintenant ? Est-ce que je devrais en parler à Vilma ? Est-ce que ça changerait quelque chose ?

Probablement pas. Qu'il soit vivant ou mort, après tout, on s'en tape de ce mec. C'est juste une absence... un record, dans le genre.

Au fait – rien à voir –, je ne me souviens plus si j'ai emmené Gigi au zoo de Carhaix. Pff, cette tête, un marécage...

L'autre raison pour laquelle le souvenir du matelas me gêne, c'est qu'il est relié à la valse des illusions dans laquelle je tourbillonne depuis ce jour horrible. Cet ermite aux dreadlocks qui a tellement hanté mes nuits, m'a si longtemps terrifiée...

La bonne nouvelle, c'est que le personnage a cessé de me poursuivre dans mes cauchemars depuis que je me suis souvenue qu'il n'était qu'un leurre visant à nous faire peur. Une illusion de plus. Comme la mise en scène de la chute de Ludo dans la grotte.

Comme quoi d'autre ?

Hier après-midi, j'ai croisé Livia. Au moment où je descendais du bus, elle est passée devant moi au volant de sa caisse – enfin, si on peut appeler ça une caisse. Elle m'a fait un signe rapide de la main et a poursuivi sa route sans s'arrêter. Ça m'a fait de la peine.

Elle n'est pas la seule à avoir ce comportement avec moi. On dirait que j'ai la peste. Qu'est-ce que j'ai fait pour mériter ça ?

Mes amis sont tous partis. Fred est à Toulon, son père a été muté. Matéo, Livia et la plupart sont à Brest. Il paraît que Benjamin est reparti vivre au Mali avec toute sa famille… Admettons.

Arthur est présent, en revanche. Il est si gentil, mon Arthur… On a toujours été proches, mais c'était, disons, « circonstanciel » – en tout cas, je ne me posais pas la question.

Aujourd'hui, je peux affirmer que c'est un gars exceptionnel. Pas seulement sympa et intelligent, mais surtout fidèle. J'ai tellement de chance de l'avoir ! Je ne suis pas la seule, d'ailleurs. Il a donné un an à son père qui avait besoin de lui sur les marchés. Maths sup l'attendra jusqu'à l'année prochaine.

Mais arrête un peu l'esquive, Ève. *Concentre-toi.* Si tout le monde te fuit, n'est-ce pas que tu as commis quelque chose de grave ? Je ne peux plus feindre d'ignorer cette possibilité. Il y a trop de mensonges, trop de secrets dans ma vie, enfouis dans l'oubli.

Benjamin, c'est vrai que sa famille a déménagé. Je suis passée plusieurs fois devant chez lui, d'autres gens y vivent. Alors, d'accord, ils sont partis. Mais ce cauchemar récurrent que je fais… Cette tête tranchée… Tout ce sang sur mes mains ? Et s'il était mort ? Si c'était la raison pour laquelle sa famille était partie au Mali ?

Ma conviction, c'est que tout le monde me *protège* de quelque chose. Vilma, Denis, Gigi, Lebeuf, Arthur… Il s'est passé un drame. On me le cache.

Je prononce ces trois mots : « Benjamin est mort ».

La phrase est irréelle. Cependant, je sais que c'est possible. Ça l'est dans mes cauchemars, en tout cas. Et Leila ? Mon cerveau est abîmé, certes, mais mon cœur ressent tout, et peut-être même plus finement qu'avant. Il se serre, s'agite, bat tout de travers dès que je pense à elle.

Dans un flash, je revois la tête affolée de Livia, *On est morts Ève, on est morts*.

Oh, et puis merde. Tant pis si elle me fuit, je vais l'appeler, lui proposer un truc – un ciné, un verre. Livia était une bonne copine, avant. Elle me parlera peut-être.

Ludo et Lukas aussi sont exilés. Ludo fait une école d'horticulture. Lukas est parti passer un bac pro agroquelquechose dans le Finistère.

Je les ai croisés, il y a un moment, au marché de Guingamp. J'avais supplié ma mère de m'y emmener. Ce genre d'endroit est un supplice pour elle, vu que c'est là que tu croises tout le monde et qu'elle ne veut voir personne. Pour les courses, elle mise tout sur le Carrefour géant ; elle sait exactement quoi prendre, ne jette même pas un coup d'œil aux étalages qui ne la concernent pas et file à la vitesse de son caddie de rayon en rayon sans parler à personne.

Le bonheur pour elle, l'angoisse pour moi. Les grandes surfaces me donnent la nausée. Le magasin Carrefour est gigantesque, de sorte que j'ai à chaque fois la sensation d'avoir été avalée par la baleine. J'en ressors toujours malade. Cette accumulation de bouffe et d'objets m'étouffe.

Donc, ce jour-là, j'avais imploré Vilma d'aller au marché. Et elle avait cédé.

J'avais pris les choses en main, je l'avais installée à la terrasse du Grand Café avec des journaux et j'étais partie, panier au bras au marché.

J'ai acheté tout ce qu'il fallait, des œufs de la ferme, du bon poulet odorant à la robe dorée, des pommes de terre à la chair beurrée, deux salades qui tiendront facile quinze jours, du pain à la coupe, croûte blonde et mie qui pèse lourd dans le panier, les tomates les plus moches et les meilleures du monde, deux avocats, et des sardines que je comptais faire griller le soir. Hé oui, je suis obligée de faire la cuisine si je veux manger autre chose que le fonds de commerce de Vilma : jambon-coquillettes et poisson pané-riz, le tout servi avec une salade de tomates sans goût ou des carottes râpées en carton. Incompréhensible : cette femme a grandi dans une ferme mais se nourrit sous blister !

Les courses terminées, je l'ai rejointe. J'avais calé le poulet sur le dessus du panier, rempli à ras bord, que je tenais à bout de bras. Sentir cette odeur, c'était repartir en arrière, en des temps plus doux – quand Denis était encore là, et qu'ensemble nous allions au marché.

À la terrasse du Grand Café, Vilma ne lisait pas la presse ; elle était attablée avec Ludo et Lukas. Je dois dire que, ma mère ne s'étant jamais intéressée à mes amis plus que ça, cette vision m'a remplie d'allégresse. Décidément, cette journée devenait tendre.

Pourtant, à mesure que je m'approchais d'eux, j'ai senti ma joie s'étioler. Je me suis surprise à marcher de plus en plus lentement, comme pour leur laisser le temps de finir leur conversation et de partir avant que j'arrive. Je ne me comprenais pas. J'aime beaucoup Lukas et Ludo, les retrouver par hasard me faisait très plaisir… Par quelle magie ne voulais-je plus leur parler ?

Parfois, je me pose la question : est-ce que je suis en train de devenir schizo ? Est-ce que ce n'est pas plutôt ça, mon problème ? J'ai une maladie mentale grave, et personne ne me l'a dit. Est-ce que je ne serais pas, non pas amnésique, mais psychotique ? Il faut l'être peut-être pour ne pas se réjouir de retrouver ses amis !

Je me revois avancer vers eux. En me rapprochant, je distingue mieux la scène qui se joue à la table de ma mère… Les garçons parlent à Vilma qui ne dit rien. Ils ont l'air empruntés, pas du tout à l'aise.

Ludo donne un coup de coude à son frère, il vient de m'apercevoir. Aussitôt Lukas se lève, faisant basculer sa chaise. Ludo me fait un grand sourire contraint, et Lukas me regarde comme si j'étais en train de tomber.

D'ailleurs, je me sens faiblir. Je tiens bon sur mes jambes, mais mes forces me quittent. Le panier se casse la gueule, les œufs, le poulet, les tomates, tout explose.

Un bruit infernal de casseroles me ramène brutalement au présent, dans ma chambre. C'est ma mère, dans la cuisine, qui est à l'origine du ramdam. Qu'est-ce qu'elle fiche ?

Je ne sais plus trop comment ça s'est fini, à Guingamp.

Ah, si : Vilma s'est précipitée. Elle m'a aidée à tout ramasser, m'a fait asseoir et m'a commandé un jus de fruit, abricot peut-être ou poire, quelque chose de bien sucré. Ludo et Lukas m'ont embrassée, mis la main sur l'épaule. Et puis ils ont regardé leur montre et sont partis en me faisant promettre de les appeler le week-end prochain.

C'était samedi dernier. Non, c'était il y a quinze jours. Plus, peut-être. Je ne sais plus. Je n'ai pas appelé. Eux non plus.

Peut-être que le médicament, un jour, ne fera plus aucun effet. Peut-être que je ne reviendrai plus jamais à moi. Peut-être que je passerai définitivement de l'autre côté, à force de ne pas savoir quel jour on est. Peut-être que je finirai à l'asile. Le pire, c'est que cette idée ne me rend même pas folle.

Bientôt, ce sera Noël. Et le réveillon. Bientôt, cela fera un an que je patauge dans ma boue intime.

J'enfile mes bottines.

Vilma est en espadrilles, jean de coton clair et tee-shirt informe. Elle a dans les mains un énorme fait-tout en aluminium qu'elle essaie de remplir d'eau, mais elle ne s'en sort pas car il ne passe pas sous le robinet. Après l'avoir regardée galérer un moment, je m'approche d'elle avec une carafe.

Elle sursaute, puis me laisse prendre les choses en main.

Elle se sert un café, m'en sert une tasse, répond à mon regard étonné de la voir s'activer en cuisine :

– Denis vient déjeuner, aujourd'hui. Il vient te voir. Tôt. À midi. Je dois travailler cet après-midi. Et emmener Tara à la clinique.

Ah oui, c'est vrai que Loréal est malade depuis quelques jours. Mais pour l'instant, on s'en fout ! Ce qui compte, c'est…

– Denis ! Il vient déjeuner ?! Avec Gigi ?!

– Oui, bien sûr, répond ma mère en ouvrant un placard pour chercher du sucre.

– Oh, mais c'est génial !

Je prends une tartine : cette nouvelle me donne de l'appétit ! Vilma referme le placard. Finalement, elle n'a pas pris de sucre. J'étale un copieux morceau de beurre sur le pain.

– Dis, je ne me souviens plus si j'ai emmené Gigi au zoo ? Tu sais, pour son cadeau de Noël…

– Je ne crois pas, répond Vilma, ça ne me dit rien.

Il faut vraiment que je m'organise. On est déjà en décembre, j'ai quasiment un an de retard sur son cadeau. Ça craint. J'espère qu'il ne pense pas que je l'ai oublié. Je peux tout oublier, mais pas lui !

Cette année qui vient de passer, aurait tout aussi bien pu ne pas avoir eu lieu. Je n'ai rien fait de ce que j'avais imaginé. Il est temps que je me bouge !

– Maman, tu sais… pour mes cours par correspondance, j'ai envie de demander à Arthur s'il est d'accord pour que je travaille chez lui. Il m'aiderait en maths. En plus, il a un super réseau Internet, je pourrais tout envoyer de chez lui, et même suivre les cours en visio.

Ce que je ne dis pas, c'est que ça me permettrait de ne pas rester aussi souvent à la maison en tête à tête avec ma daronne.

Ma daronne qui ne trouve d'abord rien à répondre. Ma daronne qui, je trouve, n'a pas l'air très en forme.

– Pourquoi pas, elle murmure enfin. Va prendre ta douche, s'il te plaît.

Non, ça ne va vraiment pas. Elle a des poches sous les yeux et je distingue quelques fils blancs dans ses cheveux châtains…

Ma mère vieillit. Ce n'est pourtant pas son genre.

Je mets la chanson *8* de Billie Eilish – cette meuf est une génie – très fort dans les enceintes. Et je danse, seule dans ma chambre fermée. J'adore danser, la musique à fond, cernée par les basses qui me font bouger aussi sûrement que si j'étais une marionnette reliée aux notes par des fils !

Avant, ce que j'aimais, c'était me perdre dans le son tout entière, y disparaître, tout oublier. Je kiffais ça tellement.

***

Le bruit d'un moteur.

Je me penche à la fenêtre. Denis a changé de voiture.

Denis a changé tout court : cheveux mi-longs, barbe sauvageonne et chemise froissée… Pas certaine de ce nouveau look ! Par la fenêtre de ma chambre, je le vois prendre Vilma dans ses bras. Il la serre fort.

Trop fort ; elle se dégage. Je souris. Vilma n'aime pas les effusions, on le sait bien. Mais je me dis qu'elle pourrait faire un effort, quand même.

Quoi qu'il en soit, si c'est bien elle qui l'a viré, il n'a pas l'air de lui en vouloir…

Je cherche dans mon placard un petit cadeau que j'ai acheté pour Gigi la semaine dernière. Je pensais le lui donner à Noël, mais pourquoi attendre !

C'est une figurine pop. Elle représente le personnage d'Ernesto dans le dessin animé *Coco* ; un squelette avec une guitare. Gigi va l'adorer.

Je descends les escaliers en trombe. Guilleret, mon cœur bondit légèrement sous mon pull. Voir Denis et Gigi, c'est exactement ce qu'il fallait pour éclairer ma journée ! Je me sens comme une malade esseulée qui a enfin de la visite.

Denis m'ouvre grand ses bras et – chose rare entre nous – je m'y jette sans retenue. Il referme son étreinte sur moi… mais, curieusement, je ressens un malaise. Il y a du plaisir à se revoir et pourtant, ce n'est pas exactement comme ce devrait être. C'est indéfinissable, et c'est bien le problème.

Est-ce que Vilma a ressenti ça aussi quand il l'a serrée contre lui ? Est-ce la raison pour laquelle elle s'est dégagée ? Denis a sacrément maigri, en plus d'avoir changé de look. C'est peut-être ça. Moi aussi, j'ai maigri. Nos corps ont du mal à se reconnaître.

– Il est où, Gigi ?

Denis ne répond pas tout de suite. Il regarde Vilma, comme si elle, elle savait. Mais elle est en plein tintamarre de casseroles.

– Il n'a pas pu venir, ma grande.

Ernesto tenant sa guitare est bien le seul, dans ma main, à continuer de sourire.

– Il avait un goûter d'anniversaire avec des copains, poursuit ma mère.

Long silence… que je fais soudain éclater :

– Mais, il… *(putain, pourquoi j'ai les larmes aux yeux, pourquoi Ernesto sourit-il toujours)*, il n'avait pas envie de me voir ?

Denis s'apprête à répondre, Vilma le devance.

– Ève, c'est moi qui ai insisté pour qu'il aille à cet anniversaire. Il a besoin d'insouciance, et en ce moment, la situation… Bref.

« Bref. » Et voilà, c'est plié, pas de Gigi pour aujourd'hui. J'ai envie de pleurer. Putain, qu'est-ce qu'il se passe ?! Pourquoi me refuse-t-on le droit de voir mon frère !? Qu'est-ce que j'ai fait, bordel ?!

Je sens les larmes monter – mais à la dernière seconde, le vent de la colère se lève et les assèche. Il est aussitôt d'une violence inouïe.

J'explose.

Ça commence par les trois assiettes qui traînent sur le plan de travail. De la paume de la main, je les balaie, elles vont percuter le mur d'en face avant de retomber en éclats tranchants à nos pieds. J'empoigne ensuite les couverts et leur fais suivre la même trajectoire – ils font un bruit d'alarme sur le carrelage.

Denis me regarde avec des yeux ronds, bouche ouverte. Il est pétrifié et ne pense même pas à me retenir. Je frappe encore. J'attrape les verres un par un et les fracasse sur le sol. Je jette tout ce qui me passe par les mains, même ce qui ne se brise pas. Des papiers, des torchons, tous les magnets du frigo… Il faut que tout soit à terre. Que rien ne soit debout. À terre, la cafetière ! À terre, les pommes de terre !

Je m'approche de la cuisinière ; Vilma me regarde dans les yeux mais ne fait pas mine de m'arrêter… Ça vaut mieux ! J'empoigne une casserole et je la fais voler sans même jeter un œil à ce qu'il y a dedans – sur le moment, je ne sens même pas le liquide chaud et visqueux m'éclabousser. Un gros plat en terre suit le même chemin et explose contre le mur. J'avance encore vers Vilma. Alors, sans me quitter du regard, elle pousse vers moi la cocotte pleine d'eau que je l'ai aidée à remplir un peu plus tôt. Me la donne pour que je la jette.

Au même instant, le vent retombe. Son intensité ne suffit plus à sécher l'eau qui m'infiltre. Je voudrais pleurer.

Je voudrais pleurer et je n'y arrive toujours pas. Mon âme est à vif, je voudrais pleurer – d'un coup, je plonge la tête dans la cocotte.

Hurle dans l'eau.

Si seulement je pouvais m'y noyer…

Je sens qu'une main me caresse le dos. Comme on calme un animal.

Dégoulinante de chagrin, je sors la tête de l'eau et me laisse faire par Denis.

Un grand froid s'installe dans mon corps creux. Mon corps tel un appartement vide, à l'abandon. Des pièces muettes, des fenêtres ouvertes à tous les vents, des courants d'air. Le dernier endroit où on aurait envie de vivre.

J'ai le hoquet. C'est douloureux. Vilma revient avec une serviette éponge qu'elle me tend. Puis elle se met à genoux.

– Tu m'aides ?

Je regarde ses bras aux muscles nerveux s'agiter pour ramasser les morceaux de verre, nettoyer le sol collant de sauce tomate. Je passe derrière elle avec la serpillière. Mon corps grésille des derniers feux de ma colère.

Puis je réatterris, lentement.

Vilma est assise par terre, son pantalon de toile remonté sur ses mollets. Elle porte de hautes chaussettes à motifs jacquard beige et rose. Cette vision me trouble. Je les détaille. Une succession de parallélogrammes rose chair et rose clair, sur un fond beige, un fil rouge en pointillé qui les coupe en leur milieu, la laine qui bouloche, le haut de la chaussette différemment tissée, en stries, uni, de couleur beige… Ça me rappelle quelque chose.

Vilma croise mon regard, me tend une lavette propre.

***

Assis dans la Ford Focus blanche de Denis, nous gardons le silence depuis vingt minutes. Dehors, la route défile ; le soir tombe. Il m'a proposé de prendre le volant, en mode conduite accompagnée, j'ai dit non.

Il y a quelque chose d'aérien dans sa façon de conduire, souple, sans à-coups. Je ne lui en veux pas pour Gigi. Il fait ce que Vilma décide.

Je regarde la route. De temps en temps, il me jette une œillade. Je sens qu'il veut me dire quelque chose mais qu'il hésite.

De toute façon, je ne lui en laisse pas le temps. Voilà que j'ai des choses à dire. Je lui raconte ces bus que je prends presque tous les jours depuis des mois pour aller nulle part, les heures que j'y passe, les gens que j'y croise. Je lui dis que c'est un des rares endroits où je me sens égale à tout le monde, en transit comme n'importe quel voyageur.

Au fil du récit, des détails me viennent aux lèvres que j'ignorais moi-même avoir remarqués. Je lui parle de ce garçon brun qui s'assoit à côté de moi et à qui je crois que je plais. Il porte toujours un gilet et un béret… Il ressemble à quelqu'un que je pourrais apprécier.

– C'est lui qui m'a invitée à la fête de ce soir.

Je parle sans m'arrêter. Je ris, je m'exclame. Je ne sais ce que je fais, à vrai dire. Peut-être que j'essaie de nous rassurer, Denis et moi. Peut-être que je tente de meubler un silence abyssal.

Ma logorrhée nous amène jusqu'à l'arrêt de bus.

– Tu te souviens de ce que tu as promis à ta mère ?

– Oui oui, je rentre avec le dernier bus.

– À quelle heure ?

– À minuit et quart je serai à l'arrêt ; le bus passe à vingt – ne t'inquiète pas, tout ira bien.

– Je compte sur toi, dit Denis, affichant une expression soucieuse.

J'attrape dans mon sac la figurine d'Ernesto, la tends à Denis.

– Moi aussi, je compte sur toi.

Denis la prend et me serre dans ses bras. Si fort ! Décidément, oui, il a changé.

Je sors de la voiture, lève les yeux vers les immeubles de ce quartier résidentiel. L'appart où a lieu la soirée est quelque part par là.

***

Il y a beaucoup de monde et je ne connais presque personne. Je me suis servi un Coca et posée dans un coin. Ça ne danse pas encore. Il y a un buffet, de grands saladiers pleins d'un cocktail orange, les gens discutent.

Le garçon qui m'a invitée s'appelle Ivy. Il me présente à quelques personnes et repart pour accueillir de nouveaux arrivants. Je ne retiens pas les noms, sauf celui d'une fille chaleureuse : Diamantha – on est d'accord, ça craint tellement de s'appeler comme ça ?! Mais c'est peut-être un surnom ? Elle a un piercing avec un brillant sur le nez. C'est une métisse, elle est très belle…

Elle me demande si j'ai un copain, désigne le sien du doigt. Un beau gosse avec une barbe, un peu trop hipster à mon goût. Il nous fait signe tout en discutant avec un autre gars.

Ivy les rejoint en compagnie d'un type qui me dit vaguement quelque chose.

Diamantha est volubile et me pose plein de questions auxquelles je fais des réponses aussi honnêtes que possible. Je dis que j'ai arrêté l'école en terminale parce que j'ai eu des soucis de santé mais que je vais reprendre.

– Ah, je comprends… Moi, je suis en fac de droit avec Ivy.

Je hoche la tête pour faire bonne figure, mais remarque que le petit groupe formé par Ivy, le copain de Diamantha et les deux autres mecs n'arrête pas de regarder dans notre direction.

Au bout d'un moment, Ivy marche vers nous. Diamantha m'abandonne aussitôt :

– Je crois que je vais être de trop, ha ha ! Fonce, c'est un type super !

– Euh, je…

Mais déjà, Ivy remplit deux verres au saladier du buffet et m'en tend un. Je refuse ; je ne peux pas mélanger alcool et médicaments.

Mon cœur bâcle un peu son tempo, trébuche et s'emmêle les pinceaux. Je crois que ça me fait plaisir qu'un garçon s'intéresse à moi. Même si je ne peux pas m'empêcher de penser encore à Benjamin.

Ivy me regarde avec intensité.

– C'est vrai, ce que dit Georges ? T'as tiré sur un mec ?

– Quoi ?

Je m'en étouffe presque.

– C'est une blague ?

Clairement pas : il est super sérieux.

– Je ne sais même pas qui c'est, Georges !

– C'est lui, là-bas. Il dit qu'il était avec toi à une soirée… et que tu as tiré sur un mec et sa copine…

– …

– L'année dernière, poursuit-il, à la soirée du réveillon…

C'est comme de recevoir un uppercut. Elle me coupe le souffle, cette phrase.

– Je… comprends pas…

Nauséeuse, je mate le groupe de copains d'Ivy. Ce Georges, c'est le type qui me disait vaguement quelque chose. Je sais qui c'est, maintenant : le DJ ! Le pirate qui se faisait appeler « le Lord » !

À partir de là, je carbure à toute vitesse. Quelque chose vient de se débloquer dans ma tête. Je vois une arme… un pistolet… Je secoue la tête, non, je ne peux pas avoir fait ça… Bon Dieu, des images me reviennent. Je n'en veux pas.

Moi ? Tirer sur quelqu'un ? Moi ? Vous m'avez bien regardé ?

J'ai la vision du pistolet du cousin de Fred, Brendan. Est-ce que je l'aurais tenu dans ma main ?

– Non, dis-je à Ivy tout en m'empêtrant dans mes pensées. Il confond…

– Mais tu as bien passé le réveillon avec lui ?

Je suis super mal. Il faut que je me tire d'ici.

– Excuse-moi, faut que je rentre…

Diamantha attrape ma dernière phrase au vol.

– Non non non, pas question que tu t'en ailles avant de mettre le feu au dance floor !

Elle m'entoure de son bras avec familiarité et m'entraîne sur la piste de danse. Troublé, Ivy ne me quitte pas des yeux.

Bientôt, Georges le rejoint, suivi d'une fille et de deux autres mecs. Tous me dévisagent. Il est temps pour moi de filer, mais quelque chose me retient. C'est un souvenir… Il est en train d'arriver. Sur une chanson de Manau.

Pâle, les jambes flageolantes sur la piste de danse, je me souviens de quelque chose cette nuit-là. Je me souviens d'une course folle, passé minuit.

LA SOIRÉE (4)

31 décembre du temps d'avant, 00 h 12

La foudre est tombée en silence.

L'îlot Deroch vient de se transformer en *Cauchemar Island*, un bourbier où l'on piétine mes rêves.

Je marche d'abord, le plus vite que je peux, les muscles échauffés par un sang furieux pulsant dans mes veines. Ça ne me suffit pas ; il faut dépenser cette énergie folle qui m'a envahie. Je me mets à courir. Les mottes de terre roulent sous mes pieds ; je tombe, me relève, repars. Je fuis, dégringole le cratère que j'ai mis tant de précautions à escalader…

Je me tords la cheville et hurle de rage. Mais je continue, plantant un pied après l'autre dans la terre élastique sans tenir compte de l'élancement qui m'irradie toute la jambe. Et je détale en boitant. Loin, le plus loin possible.

Au bas de la butte, je reprends, sans y penser, la direction de la fête. Je m'arrête dans mon élan en avisant la grande tente. Un courant glacé, électrique, me traverse. Je m'approche d'elle. J'y pénètre.

Il n'y a personne. Le coffre est toujours là. Je sais que je ne dois pas. Je sais qu'il ne faut pas. Mais je l'ouvre.

Le premier jour du reste de ta vie. J'ai conscience, en ouvrant ce coffre, que j'actionne la phrase magique et que par conséquent, je suis en train de vivre les derniers instants de ma jeunesse. Plus rien ne sera jamais comme avant.

Quelque chose en moi agonise. Ça fait si mal…

Dans la tente, le silence règne.

***

Trente minutes plus tôt, on dansait, on chantait tous. Trente minutes plus tôt, Benjamin allait voir le Lord et lui demandait s'il pouvait le relayer. Le Lord lui laissait les commandes, Benjamin se mettait aux platines. Il envoyait l'imparable :

Dans la vallée oh oh de Dana lalilala
Dans la vallée oh oh j'ai pu entendre les échos
Dans la vallée oh oh de Dana lalilala
Dans la vallée oh oh des chants de guerre près des tombeaux

Trente minutes plus tôt, on était tous de la tribu de Dana. On chantait les paroles de Manau, on sautait sur la piste en levant les mains, on oubliait tout. Je prenais des photos de Gaël en train d'agiter ses longs bras en direction du ciel, lui qui ne danse jamais.

À un moment, Boule s'est approché de moi.

– T'es super belle ce soir, Ève.

Il n'était pas très stable sur ses jambes. J'ai cherché le regard de Benjamin. J'avais un message pour lui…

– Écoute, Boule, tu es gentil mais ça le fait pas entre nous.

– Mais, l'année dernière…

– C'était l'année dernière, OK ?

Il s'est approché un peu plus pour essayer de m'embrasser. Je regardais sa petite bouche ourlée mimer des baisers. Je le repoussais avec douceur. Il était maladroit et touchant.

– Oh, ça va, c'est pas la peine de faire ta princesse. Pour qui tu te prends ?

Bon, en fait il était con. J'ai coulé à nouveau un regard vers Benjamin, mais il n'était plus aux platines – le Lord avait repris les manettes.

Je suis allée me servir un verre de gin, il n'y avait plus que ça et des bières. Certains mélangeaient les deux. J'ai cherché Leila... Elle n'était pas dans les parages.

Bubble Girl m'a rejointe près du bar. Son rimmel avait coulé et elle avait les yeux rouges.

– Qu'est-ce qui se passe ? Tout va bien ?

– Bof, elle a dit. C'est juste que cet endroit est maudit.

– Pourquoi tu dis ça ?

Elle a haussé les épaules et s'est envoyé un verre entier de vodka.

– Fred. Il m'a mis un gros vent.

– Ah, mince... Tu ne voudrais pas de Boule, plutôt ? je lui ai dit. Il est vexé, je viens de l'envoyer bouler...

Elle m'a regardée.

– T'as envoyé bouler Boule ?

– Ouais, ai-je rigolé. Il est mûr... T'as plus qu'à le cueillir !

– On n'est pas au marché, quand même.

Ses yeux coulaient sur ses lèvres, ça lui faisait une tête de poupée saccagée, je me suis marrée. Elle s'est mise à s'esclaffer aussi. On a eu un fou rire. Un grand et beau fou rire dans lequel on a fourré toutes nos angoisses ; ça nous a fait du bien.

Puis elle a regardé autour d'elle, a haussé les épaules et s'en est allée vers Boule, petite meuf vacillante sur talons compensés.

Ensuite, ça a été le décompte. Bientôt minuit... Dix, neuf, huit.

Il fallait que je sois près de Benjamin pour ce moment. Et je ne le voyais pas. Il n'était pas dans le coin.

Sept, six, cinq. Je l'ai aperçu au loin – il était allé voir Livia avec Matéo ; ils sortaient de la tente. Elle n'avait toujours pas l'air au top.

Quatre, trois, deux. Quelqu'un m'a serrée dans ses bras par-derrière. Je me suis retournée.

Un.

C'était Arthur. Il m'a fait un gros smack. J'ai souri. Bonne année, mon vieux pote. Puis on s'est tous claqué des bises et tapé dans le dos, dans un tourbillon de sourires.

Dans ce tourbillon aurait dû apparaître la bouche rouge de Leila. C'est en me disant ça, justement, que j'ai pris conscience que je ne l'avais pas vue depuis un bon moment. J'ai questionné autour de moi, personne ne savait où elle était. Je suis allée voir Fred : *Leila n'est pas là, ce n'est pas normal.*

Avec l'histoire de l'ermite, même si ça n'était finalement que des blagues, on a été plusieurs à s'inquiéter. Fred a décidé qu'on devait partir à sa recherche, deux par deux. Il nous a dispersés.

Je me suis dirigée avec Alana vers l'endroit où on s'était promenés, Benjamin et moi. Je me disais que Leila avait peut-être voulu poursuivre la balade seule, même si cela paraissait très peu probable.

Quand on est arrivées au gros rocher où Leila s'était arrêtée, Alana s'est figée.

– Ève, t'as entendu ça ?

– C'est rien, Lana... On est en pleine nature, y a forcément des animaux ! C'est peut-être un faisan.

– Non, non, a protesté Alana, c'était beaucoup plus gros que ça !

On a continué à avancer, on marchait vite. Je criais :

– Leila ! Leilaaa !

Je m'attendais à tout moment à la voir débouler en gueulant : *Hey, arrête ton ramdam, tu veux ameuter toute la soirée ? Je suis juste allée pisser tranquille !*

Mais seul le silence me répondait. Alana appelait aussi, d'une voix étranglée. Je sentais son flip et ça commençait à me taper sur les nerfs.

– Écoute, t'as qu'à rentrer, parce que tu me stresses, là.

– Non, je ne peux pas te laisser seule ! Avec tout ce qui se passe…

– Mais quoi ? j'ai crié. Qu'est-ce qui se passe, au juste ? Rien ! Rien du tout ! Alors arrête de délirer !

Et ce disant, j'ai fait un tour sur moi-même pour lui montrer ce qu'on avait sous les yeux : une sorte de clairière calme dans une petite forêt bien sécure.

– On vérifie juste que Leila n'a pas un souci, parce qu'on ne sait jamais, mais on ne se fait pas de bile, OK ?

– Si tu le dis.

– Bien sûr que je te le dis…

– OK, Ève, OK.

Mais une seconde plus tard, elle hurlait :

– Aaaaah ! Y a un truc qui m'a frôlée, putain ! Je te jure, y a un truc qui m'a frôlée !

Je m'apprêtais à lui ordonner de retourner au camp parce que je n'en pouvais plus de ses jérémiades, mais je n'ai pas eu le temps d'ouvrir la bouche ; elle avait déjà pris la poudre d'escampette.

Bon. Pas question d'abandonner pour autant les recherches. J'ai décidé de continuer seule. À ce moment-là, la lune s'est enfin dégagée de ses draps de nuages – et des détails que je n'avais pas remarqués m'ont sauté aux yeux. Un clocher non loin et un minuscule sentier qui se frayait un chemin vers lui entre des haies d'orties.

Saisie d'un pressentiment, je m'y suis engagée. Les hautes broussailles qui s'enchevêtraient de part et d'autre du chemin ne m'ont pas dissuadée d'avancer. J'ai noté qu'elles avaient déjà été écartées. Quelqu'un était passé par là.

J'ai débouché sur ce qui avait dû être un champ cultivé ou un pré et qui n'était plus aujourd'hui qu'une trouée au milieu de la forêt, friche de mauvaises herbes douchées par la lune.

Sur le côté se tenait une chapelle en ruines, au clocher intact. Je suis allée y jeter un œil. Ni porte ni fenêtre, mais une coupole magnifique, d'un bleu nuit profond, sur lequel étaient peintes des étoiles d'or. Derrière l'autel en granit, on devinait la présence d'un vitrail en forme d'ogive qui ne comportait plus aujourd'hui de verres colorés mais dont le cadre en plomb restait maintenu par des planches clouées de guingois.

J'ai appelé Leila. Je n'ai entendu que l'écho de ma voix et le vent qui faisait entendre sa plainte entre les planches disjointes. J'ai fait quelques pas à l'intérieur avant de ressortir. Ce bref instant où je m'étais tenue sous la coupole, je m'étais sentie protégée.

Ça commençait à faire un bon moment que j'étais partie ; j'ai voulu reprendre le chemin de la fête. Leila était sûrement revenue toute seule.

J'ai coupé à travers une pinède pour ne pas repasser par le sentier d'orties. C'est comme ça que je me suis retrouvée face au bunker que nous avions découvert, Benjamin et moi.

C'est là que la foudre m'est tombée dessus.

Elle a frappé sous le saule pleureur qui masquait l'entrée du bunker et me dissimulait à leurs yeux.

Ils étaient seuls au monde. Ils ne m'ont pas vue. La foudre est tombée en silence. Il était minuit passé.

Ses doigts. Ses doigts à elle dans ses cheveux à lui. Ses doigts qui empoignaient ses boucles et tiraient dessus.

Cette vision… Je ne pouvais plus retourner à la fête. Je ne pouvais plus retourner à la vie.

La violence de la scène. Les marques sur sa peau à elle. L'empreinte de ses mains.

Je voulais qu'ils soient morts. Morts, morts, morts.

Je les ai regardés longtemps. Ce qu'ils faisaient, je ne l'aurais même pas rêvé pour moi.

Je rêvais d'un baiser.

Elle l'a croqué.

Je rêvais de son étreinte.

Il l'a empoignée.

Je rêvais de sa main sous mon pull.

Il l'a mise nue.

Je voulais sa bouche.

Elle l'a pris en entier.

Elle l'a pris en entier et il ne restait plus rien pour moi.

Quand on a perdu son rêve, que reste-t-il de soi ?

Que restait-il de moi ?

Je suis restée longtemps à les épier. Parce qu'elle m'était insoutenable dans son intégralité, j'ai fragmenté l'image. Des cheveux bouclés, une bouche rouge, des mains blanches, une ceinture noire, des chaussettes jacquard beiges… L'absurdité de la situation ne m'apparaissait même pas. Benjamin, Leila, moi : qui jouait avec nous ? Qui distribuait les rôles ?

J'étais un peu soûle, d'alcool, d'émotions, de fatigue. Je ne savais plus qui était qui. Était-ce moi que Benjamin tenait dans ses bras ? Moi qui en perdais la raison ?

Non, c'était bien elle : Leila. J'étais si près, et ils ne me remarquaient même pas. Je restai là, à les contempler à travers le feuillage, immobile, à en avoir les yeux marqués au fer. À prendre feu à l'intérieur. À mourir d'un incendie criminel. Incendie personnel.

Je n'ai rien dit. Je les ai observés encore et encore. Pour pouvoir y croire.

Il lui avait donné sa veste. Elle était toute nue dedans. Il la caressait avec ses mains, avec sa bouche, avec avidité, impatience. Je repensais à ses mots *(T'es trop mignonne, tu sais)*.

Moi, j'étais trop mignonne. Mais elle, elle l'avait embrasé. Je n'étais plus mignonne, j'étais carbonisée.

Fumante.

J'ai subi ces images tant que j'ai pu.

Et puis je me suis enfuie sans plus me soucier de faire de bruit. Rien à foutre ! Qu'ils sachent que je les avais vus ? Tant mieux !

J'ai couru jusqu'à la grande tente. Je ne pensais à rien, je ne savais pas où aller. Je ne savais pas où j'allais.

Mais mon corps, lui, le savait. Mes jambes m'ont menée directement au coffre. Il n'y avait rien d'autre à faire.

Leila, j'avais envie de la tuer. Benjamin, je voulais lui arracher la tête. À cause de Benjamin, j'avais perdu Leila. À cause de Leila, j'avais perdu Benjamin.

À cause d'eux, j'avais tout perdu.

***

Dans la tente, le silence règne. L'arme est toujours dans le coffre, endormie sous sa pile de polaires.

Je la réveille. Je sais bien que ce n'est qu'une arme destinée à impressionner, pas à blesser, pas à tuer. Mais dans ma tête, ça cogne si fort… Et dans ma paume, elle est si lourde… je la pare de toutes les vertus létales que je peux imaginer.

C'est maintenant. Je dois flinguer cette image insoutenable. Les seins de Leila pressés par les mains de Benjamin. C'est ça que je veux tuer. Pas Leila, mais l'image que j'ai eue devant les yeux. Je veux l'extraire de ma chair. La faire exploser en cent-mille bouts. Je veux la détruire.

Si j'arrive à l'éliminer, peut-être qu'elle disparaîtra définitivement de mon crâne.

Je fonce dans l'autre sens, ne sens même plus la douleur de ma cheville meurtrie. Alors que je sors de la tente, quelqu'un me voit. Livia – accompagnée de Matéo, sans doute. Ils sont loin et, de toute façon, ils ne peuvent pas imaginer que j'ai pris le Beretta. Ce ne sont que deux ombres. Mon monde n'est plus qu'ombres. Des ombres se mouvant dans un univers en cendres.

Mais je vais y remédier. Je vais détruire l'image. Et la couleur pourra revenir.

Je trace vers le bunker, telle que je suis : un animal blessé, aux abois, luttant pour sa survie. Je crois entendre des bruits de pas. Peut-être qu'on m'appelle, je ne sais pas. Tout est ouaté. Je cours plus vite encore. Je ne prends aucun soin d'éviter les grandes branches épineuses. Au contraire.

Ils ne sont plus dans le bunker. Ils ne sont pas sous le saule.

Très bien. Que la traque commence.

DE JOUR EN JOUR (5)

8 décembre du temps présent, 11 h 20

Coupable ?

C'est la première fois qu'un bout du film passé minuit me revient. Il y a eu de la brutalité dans la manière dont il est arrivé… En fait, il m'a déchirée. Un accouchement dans la douleur.

Mais peu importe. Un souvenir capital m'est revenu ; c'est tout ce qui compte. Même s'il ne résout rien et pose plutôt question.

Ma vie est un livre à trous. Au beau milieu d'une phrase, soudain un grand vide. L'histoire reprend trois feuillets plus tard. Si je tombais sur un bouquin pareil, j'appellerais l'éditeur pour me plaindre. Mais qui appeler, dans mon cas ? À moins que ce ne soit toi, mon lecteur imaginaire, qu'il faudrait que je joigne ? As-tu « relié les points », comme disait Madame Hanka ? Saurais-tu me dire ce que je veux savoir ? Aurais-tu la réponse à la question que je n'ose me poser qu'à grand peine :

Est-ce que j'ai tiré ?

Chez Ivy, j'ai dansé, au son de Manau. Puis j'ai accepté les verres qu'on m'a proposés. Tous. L'âme me cuisait comme si on l'avait giflée. Je suis partie juste avant de tomber.

Il fallait que je marche ; que je rassemble mes esprits.

Il faisait froid, mais la nuit était claire. J'étais confuse, pas seulement à cause du mélange alcool et médocs – confuse parce que ce souvenir pesait lourd. C'était un gros bloc, détaché d'un coup de l'iceberg de l'oubli. J'étais submergée.

Depuis plusieurs mois, mon statut était celui d'une victime d'amnésie, folle d'inquiétude et de tristesse d'avoir perdu ma vie… et voilà que je devenais autre chose.

Coupable ?

J'avais en tout cas été capable de chercher une arme pour tirer sur Leila, sur Benjamin. Euh, sérieux ? Comment j'avais pu en arriver là !?

Ce souvenir, je n'en voulais pas. Est-ce pour cette raison que j'avais perdu la mémoire ? Parce que je n'en voulais pas ? Peut-on perdre la mémoire volontairement ?

En sortant de l'immeuble d'Ivy, je suis passée de la zone d'habitation à une zone industrielle que je ne connaissais pas.

Impossible de savoir combien de temps j'ai alors marché dans la nuit, à hésiter entre plonger plus loin dans le noir de mon passé – et donc peut-être dans le drame – ou rester à la surface de l'événement.

Quand j'ai relevé la tête, j'étais perdue. Ça n'avait rien d'étonnant : autour de moi, des bureaux, des hangars, des portails métalliques… J'avais l'impression d'être dans une métaphore de ma mémoire. La plupart des bâtiments étaient fermés par de grandes portes opaques.

J'avais mal partout. J'ai glissé jusqu'à m'asseoir le long de la façade d'un bâtiment en briques rouges. En face de moi, d'immenses portes métalliques grises me toisaient, flanquées de nombres géants peints en blanc.

Les chiffres valsaient devant mes yeux. Les portes coulissaient, s'ouvraient, se refermaient. Derrière la 462, j'ai entrevu un ermite aux longues dreadlocks, à moitié nu, qui courait, sur une bande-son psychédélique, machette à la main ! Derrière la porte 473, un DJ mixait, en costume rouge et or d'officier anglais ; il tournait le visage vers moi, ou plutôt la moitié du visage, celle qui lui ressemblait toujours… car le reste n'était qu'un agglomérat de chairs sanguinolentes.

Vite, une autre porte. Derrière la 512, Leila et Benjamin faisaient l'amour sans voir l'ombre menaçante qui planait sur eux. Vite, une autre porte. Derrière la 648, des animaux, veaux, vaches, chevaux geignaient doucement, attachés, la bride courte – tous portaient des traces de mutilations. Derrière la 665, une jeune fille était allongée sur un lit, un homme en blouse blanche penché sur elle, qui lui *enfonçait un pic à glace dans l'œil*. Derrière la 714, un moine en habit, maigre à faire peur, hurlait du haut de la falaise, face au vent. De sa bouche grande ouverte dardaient des centaines de filaments verdâtres sans que je puisse déterminer s'ils la pénétraient ou en jaillissaient. Au moment où je claquais la 714, il se jetait dans les rochers battus par l'écume en hurlant, ces choses vertes formant une aurore boréale autour de son corps. Tandis que résonnait son cri, j'ouvrais la porte 899.

Il n'y avait là qu'une télé allumée. À l'écran, une vidéo de mon petit frère jouant tranquillement avec son copain Charlie. Je suis restée un moment à les regarder. Cette vision m'a apaisée.

Je n'ai pas voulu ouvrir la dernière porte, la 976. J'avais eu ma dose.

Une voiture s'est approchée. J'étais dans un tel état que j'ai paniqué, et me suis tapie dans l'ombre, sous ma parka. Une pauvre petite chose transie, n'aspirant qu'à s'absenter du monde. Mais la voiture m'a débusquée.

C'était Vilma.

Elle était venue pour me ramener à la maison. Ça faisait une heure qu'elle me cherchait.

J'ai tellement voulu retrouver la mémoire. M'être rendu compte, hier, que je suis peut-être à l'origine de sa disparition est un choc. Je suppose que j'ai dû vouloir en supprimer un morceau, comme on efface un texto qu'on souhaiterait ne jamais avoir lu. J'ai manipulé la réalité. A-t-on le droit de faire ça ?

Je ne me souviens pas encore de tout. Mais de courir après Benjamin et Leila avec un Beretta dans la main, ça oui, maintenant je m'en souviens.

Ce passé évanoui, j'ai désormais peur de le réveiller. Car je sais qu'il va faire surgir des choses que je ne vais pas aimer. Je me pensais victime, je me découvre bourreau.

Mais je n'ai pas le choix. Je comprends que, doux ou cruel, le passé est un animal fidèle, au flair incomparable, qui vous retrouvera toujours, où que vous ayez fui.

Quand Vilma est sortie de la voiture, j'ai vu sur son visage l'inquiétude graver au couteau des rides nouvelles. Je connaissais ce dessin : je l'avais vu sur le visage de mon père quand il est venu me chercher, au petit matin du réveillon terrible, sur le quai de l'embarcadère.

Denis d'abord, Arthur ensuite m'ont raconté ces moments.

Aujourd'hui ça y est, je me souviens.

LA SOIRÉE (5)

Premier janvier du temps d'avant, 7 h 14

Est-ce que je vais mourir ?

Fred avait pu joindre son père, qui avait prévenu le mien. Un pêcheur a aidé Denis à traverser.

– Ma fille a eu un accident ! S'il vous plaît, emmenez-moi à Bréhat.

– Montez.

Le pêcheur a saisi l'urgence dans la voix de ce bonhomme, surgi de nulle part, venu se pencher au-dessus de lui, un 1er janvier à sept heures du matin. Il démarre son moteur sans attendre. Ils tracent, survolent presque l'eau jusqu'au Port-Clos de Bréhat.

J'y suis déjà, sur un brancard, tremblant de tous mes membres, blottie dans un minuscule recoin de mon âme.

Mon père saute du Zodiac, remerciant à peine son chauffeur improvisé qui, déjà, repart en sens inverse. Mon père me prend la main. Mon père embrasse mon front. Mon père se penche sur moi de toute son inquiétude. Mon père ne me lâche pas du regard et marche à côté du brancard le temps du trajet jusqu'à la navette.

Moi, je demande au pompier le plus proche de moi :

– Est-ce que je vais mourir ?

Le pompier éclate de rire. Comme si j'avais dit une bêtise. Sa réaction est merveilleuse.

– Tout ira bien, il dit.

Et je le crois.

Mais il s'est trompé. Et rien ne va.

Si on rembobine le film, c'est peut-être deux heures avant le rire du pompier qu'Arthur m'a trouvée, roulée en boule dans le creux d'un rocher sur une plage du nord de l'îlot, en culotte et tee-shirt, trempée jusqu'aux os. Je perdais du sang, j'étais dans un état épouvantable. Ce n'est pas exactement un souvenir, mais j'ai fait raconter la scène tant de fois à Arthur qu'aujourd'hui, je peux l'écrire, relier les fils.

– *Ève, Ève !!!*

J'entends à peine la voix d'Arthur. Elle est très loin. Je ne veux pas lui répondre ; je veux seulement qu'on me laisse tranquille. Je ne veux pas de voix. Je ne veux pas d'Arthur. Je veux le silence.

– Ève ! Réveille-toi !

C'est Fred, cette fois. Non. Je ne me réveillerai pas ! Je suis roulée en boule dans un petit coin juste fait pour moi. J'ai trouvé cet endroit et c'est un miracle. J'aurais pu ne jamais tomber sur lui. J'aurais pu passer à côté toute ma vie. Je ne me souviens plus comment j'ai atterri ici… Je suis si bien, je ne veux plus en partir.

Tout est doux. Je suis douce aussi, enrobée. Dans les bras de cette cachette miraculeuse, je n'ai besoin de rien.

– Non, il ne faut pas la frictionner, elle est trop gelée ! Arthur, va chercher les polaires ! Trouve des pulls, des plaids, n'importe quoi. Grouille ! Et un thermos !

Non, non. Ne vous inquiétez pas. Je vais bien… Parfaitement bien. Je vais rester encore un petit moment. On se reverra plus tard. Laissez-moi profiter encore.

– Bois, Ève. C'est du café. Il faut que tu te réchauffes. Ouvre la bouche, c'est ça, c'est bien. Un tout petit peu. Dès que tu auras bu, on va te porter au bateau. On va rentrer. Ça va aller, Ève, ne t'inquiète pas.

Oh, je ne suis pas inquiète. Je crache le café parce qu'il me donne froid. Ils me portent. Arthur me tient par les épaules et Fred, par les pieds. Puis Fred me porte seul pour aller plus vite.

J'entends leurs voix. Je ne dis rien. Je ne comprends pas pourquoi je ne peux pas rester dans le creux de ce rocher où j'étais si paisible.

On m'installe sur le radeau. Je perds connaissance.

Quand je reviens à moi, je tremble comme une feuille, comme une flamme. Arrivée de l'autre côté, sur l'île nord de Bréhat, je tremble encore ; et aussi durant tout le voyage dans le camion de pompier silencieux, électrique. Puis dans les bras de mon père qui m'attend sur le quai.

Je tremble toujours sur le brancard du fourgon du SAMU qui hurle cette fois vers l'hôpital de Saint-Brieuc. Qui hurle pour moi qui ne dit rien.

***

J'ouvre les yeux sur une chambre aux murs d'un blanc fatigué. Par la fenêtre, sous le store qui n'est pas entièrement déroulé, un bandeau de matin pâle. Je suis seule. L'atmosphère est épaisse autour de moi, ma tête est lourde. Je n'arrive pas à la soulever. Je sens l'oreiller qui glisse sur un côté, mais je ne peux pas bouger. Qu'est-ce qui m'arrive ? J'ai la tête qui tourne et du mal à comprendre ce que je fais ici.

J'essaie de rassembler mes souvenirs. Qu'est-ce qui s'est passé pour que j'en arrive là ? J'ai voulu me noyer… Enfin, je crois. Leila dit toujours que je prends les choses trop à cœur.

Leila. Quelle pute.

J'essaie de remuer les orteils, les mains. J'ai mal, mais tout a l'air de fonctionner. C'est déjà ça : je suis entière.

Oh, je veux mourir.
Je suis éreintée. Je me rendors.

Quand j'ouvre à nouveau les yeux, c'est le visage de Vilma qui s'inscrit dans mon champ de vision. L'oreiller a été replacé sous ma tête, je suis légèrement surélevée. Sur la gauche, j'aperçois des formes qui se déplacent. Mais moi, je n'arrive toujours pas à bouger la tête pour les suivre.

Une infirmière entre. Je remarque son chignon roux opulent. Je ne vois même que cela. Elle n'est qu'un énorme chignon en blouse blanche.

Le chignon me parle, mais ses paroles ne vont pas jusqu'à moi. Le chignon plante une aiguille dans mon bras, je me rendors.

À mon réveil, le chignon a disparu. Ma mère est devant moi, défaite. Elle a vraiment une sale tête… En vérité, je ne lui ai jamais vu ce visage. Mais c'est peut-être moi qui n'ai pas le bon filtre.

Son inquiétude me touche. Ma mère serait-elle humaine, finalement ? Je vais peut-être échapper au savon auquel je suis en droit de m'attendre après mes mensonges…

Elle se lève et vient poser le dos de sa main sur ma joue. Depuis quand ma mère me fait-elle une caresse ? Tout compte fait, je dois avoir quelque chose de grave.

Fermons les yeux. Ai-je perdu l'usage de mes jambes ? Une tumeur grosse comme une orange dans le cerveau ?

Dormons.

Mais je ne dors pas. Je sursaute en entendant un bruit. Est-ce un coup qui a été donné sur la vitre à ma gauche ?

Aussitôt je sens l'air tressaillir dans la pièce, puis ma mère se lève et sort.

Pendant de longues minutes, je garde les paupières closes. Je rêve peut-être, je ne sais pas.

Mon père est assis sur une chaise à côté de mon lit. Il a les yeux rougis, pleins de larmes. Il a l'air dévasté. Il y a quelque chose d'infini dans son regard. Il s'est donc inquiété à ce point pour moi ?

Je tends la main vers lui, mais il ne se rapproche pas.

Oh, je comprends : ce n'est pas lui qui est là, en fin de compte, c'est une infirmière. Pas celle au chignon, une autre, plus jeune. Mon cerveau m'a joué un vilain tour – son premier, mais pas le dernier.

– Tout va bien, Mademoiselle ? s'inquiète-t-elle.

La porte est sur la gauche. Je devine des gens derrière. Je tente de tourner la tête, la nuque me brûle. J'aperçois la paroi, une vitre translucide qui donne sur le couloir. Des ombres chinoises y jouent un spectacle. Craintes et chuchotements.

Leur conversation ne me parvient pas. Ma confusion est totale. Est-ce que je rêve encore ? Vais-je me réveiller dans mon lit ou suis-je déjà éveillée, simplement shootée ?

Les ombres se figent, y a-t-il eu un cri ? Il m'a semblé…

Elles s'agitent. L'une d'elles plaque sa main sur la vitre dans un son mat.

La main glisse puis disparaît.

DE JOUR EN JOUR (6)

9 décembre du temps présent, 2 h 57

C’est lui, le coupable.

Mon cauchemar familier me réveille – celui qui me hante, celui où je cavale. Je cours, toujours en boitant, à travers les ronces. Je n'ai plus mes bottines, la plante de mes pieds nus est à vif. Ce ne sont pas seulement les pierres, les racines et les épineux qui les déchirent ; il y a aussi des braises qui achèvent de se consumer sous la cendre d'un monde qu'une trahison a incinéré avec tous ses personnages.

Cette fois, ce n'est pas le Minotaure qui court à mes côtés. C'est moi. Une créature-miroir, sale, hirsute, le regard perdu, les yeux injectés de sang. Est-ce à dire que je ne dois avoir peur de personne sauf de moi-même ? À coup sûr, c'est ce que mes mauvais rêves tentent en vain de me dire depuis le début… Si j'avais su mieux m'écouter !

Entre cauchemars fumeux et souvenirs douloureux, cette nuit est atroce. Je me souviens ; bribe par bribe, je me souviens. D'avoir nagé du mieux que je pouvais. Du courant contre lequel il était impossible de lutter. De l'eau que j'avalais par la bouche, par le nez. Je me souviens d'avoir senti les forces me quitter, eu la tentation de me laisser aller, éprouvé une forme de jouissance à l'idée de ne rien faire pour me sauver. Mais avant cela, pourquoi m'être jetée à l'eau ?

Il est trois heures du matin, je veux chasser ce cauchemar, m'emparer de ma mémoire, la prendre dans mes filets. J'ai la sensation d'avoir encore la gorge brûlée par le sel.

J'allume la lumière. Sur mon bureau, la boîte de gélules attend mon réveil. Et si c'étaient elles qui détraquaient mes nuits – ou, pire que ça, me détraquaient moi-même ? Comment savoir si elles n'aggravent pas mes troubles, après tout ?

Je les fous à la poubelle. Puis je vais à la cuisine pour boire au robinet.

Depuis le couloir, j'aperçois une lueur dans la pièce. Je m'approche tout doucement... Vilma est assise à la table. Elle est calme, concentrée, presque statufiée. Elle a allumé une bougie, l'a posée devant elle sur la table à manger. Elle la regarde, hypnotisée. La flamme danse et c'est la chose la plus vivante de la pièce, tout semble mort autour. Un monde éteint, seulement animé par les ombres mouvantes... Vilma la sorcière, ma mère, est une morte-vivante.

Je songe un moment à venir m'asseoir à côté d'elle, mais la perspective de cette intimité me met mal à l'aise. Pour finir, je rebrousse chemin sans me montrer, et vais boire au robinet de la salle de bains.

Sur la plage de ma nuit, aucun autre souvenir ne s'échoue. Le rivage est désert, seulement hanté par le fantôme de Vilma, spectre immobile derrière sa bougie.

Je vais devenir folle, en tête à tête avec ma mère. Il faut que je voie du monde ! Je n'ai toujours pas appelé ni Ludo, ni Lukas, ni Livia – et je n'ai plus vu Arthur depuis un moment.

Oubliant que c'est le milieu de la nuit, j'attrape mon téléphone. Je cherche le numéro de Livia dans mes contacts. Ça sonne.

– *Hmmallô ?*

Je raccroche, épouvantée. Je pensais tomber sur son répondeur ! Je revois son rapide signe de la main la dernière fois que je l'ai aperçue au volant de sa voiture, me souviens qu'elle ne s'est pas arrêtée… Qu'est-ce qui m'a pris de l'appeler ?

Allongée, j'essaie de calmer les battements de mon cœur affolé. J'inspire profondément, expire lentement, ainsi que Madame Hanka m'a appris à le faire. Je n'arrive pas à me rendormir. Le passé enfoui sous les flots, le passé flou, le passé vague, veut resurgir, remettre pied à terre, s'ébrouer, me rejoindre. Je dois continuer à dégager la route pour la rendre accessible. Tant pis s'il me faut croupir dans ma propre solitude en attendant.

J'ouvre mon cahier, j'allume une bougie – moi aussi, je sais faire frémir les murs –, et je commence à tracer des lettres sur le papier. Peut-être que les lettres feront des mots, peut-être que ces mots feront des phrases, peut-être que ces phrases feront des souvenirs.

Je reviens à la soirée – et là, une image me saute à la gueule.

C'est une image pour laquelle j'éprouve une sorte de pitié ; celle d'une jeune fille désorientée, seule sous un saule, près du bunker où Leila et Benjamin se tenaient il y a peu.

À ce moment-là, je sais que je ne suis plus moi-même. Je sens l'arme qui pèse dans ma main. Et je ne suis plus qu'un prolongement de cette arme. Je ne suis plus Ève, je suis le bras armé de ma colère.

Leila et Benjamin m'ont-ils aperçue, tout à l'heure ? Sont-ils partis se cacher ? Ont-ils peur ? J'espère que oui. Je l'espère de tout mon cœur.

Faux, Ève. Ce n'est pas ce que tu espères. Ce que tu espères, c'est qu'ils viennent s'excuser. Que dis-je, s'excuser… Implorer ton pardon. Que Benjamin te dise qu'il n'est qu'un con, que Leila lui a sauté dessus, qu'il ne se pardonnera jamais d'avoir cédé à une faiblesse d'un moment, que c'est toi qu'il aime. Que Leila te persuade qu'elle a perdu la raison et qu'elle s'en veut à mort.

Mais tu sais bien, Ève, que c'est impossible, et que même si cela était, ces mots sonneraient faux.

Alors puisque tout est minable, puisque tout est dégueulasse, puisqu'il n'y a pas d'issue… ce n'est plus la peine de lutter. Il n'y a plus qu'à laisser la colère s'exprimer.

Tu marches, hagarde, le bras le long du corps. Tu n'entends pas les bruits de la forêt. Il y a ce bourdonnement dans ta tête ; il ne cessera qu'au moment où tu actionneras le revolver, où la balle déchirera le silence. Tu repenses à la cible de bois criblée par Joël. Tu avances dans les taillis. Et puis soudain, tu l'aperçois, et soudain tu sais.

Le phare.

Ils se sont réfugiés là, c'est sûr. Ils sont allés là pour s'aimer. Ils sont allés au plus près de la lumière, à son origine, pour devenir de plus en plus beaux, pendant que toi, tu te flétris. Bientôt ils s'envoleront, vigoureux, parés des couleurs vibrantes de leur amour et des tatouages majestueux de leurs promesses pendant que toi, tu seras au sol, grise, gisante, prête à tomber en poussière à la première brise.

Tu te dépêches à présent, tu cours presque. Le bourdonnement dans tes oreilles est de plus en plus fort. Tu n'entends pas ton prénom crié dans la lande – Matéo et Livia t'ont vue partir en courant avec le revolver. Ils ont donné l'alarme. Tout le monde te cherche, cherche Leila, cherche Benjamin. On pressent un drame.

Tu entres dans le phare par la porte entrouverte, et tu les vois tout de suite. Ils sont couchés l'un contre l'autre et, même si tu t'y attendais, tu es sidérée. Tu éprouves une jalousie qui te troue le ventre aussi efficacement que si tu t'étais tiré dessus. Tu pointes l'arme vers eux, admirative malgré toi : tout de même, ils ont enfoncé la porte du phare pour y pénétrer. Ils sont rentrés de force et ont piétiné tous tes rêves sans même y réfléchir. Tu n'aurais jamais osé faire cela.

Tu pointes le pistolet droit sur la tête de Leila. Les yeux écarquillés, elle te fixe, elle aussi, avec de l'admiration dans les yeux. Est-ce qu'elle aurait été capable de faire ce que tu t'apprêtes à faire ?

Tu ne peux t'empêcher de lui sourire. C'est ton amie. Tu l'aimes. Tu ne veux pas lui faire de mal. Mais lui, lui…

C'est *lui*, le véritable traître. C'est *lui*, le coupable. *Lui* qui a défoncé la porte.

Tu pivotes. Maintenant, dans le viseur, ce front perlé de sueur sur lequel tu as tant rêvé de poser les lèvres.

Les lettres se brouillent devant mes yeux, je ne sais plus ce que j'écris. Je ne sais plus ce que je fais, plus qui je suis. Est-ce que j'ai vraiment vécu tout ça ?

Non, non, je ne veux pas me souvenir.

Ma main lâche le stylo, mon front s'abandonne au creux de mon coude… Je m'évade.

***

Lorsque je me réveille, il est cinq heures du matin. Je vais m'allonger dans mon lit, épuisée. Je voudrais m'assoupir à nouveau, mais c'est sans compter ce train de souvenirs en marche qui me tient en éveil.

Mon cerveau est lancé, il ne s'arrêtera plus.

Mon corps me lâche, en revanche, je me sens faible. Revoir cette image de Leila dans les bras de Benjamin me lance trop, à cette heure de la nuit. Je voudrais d'autres réminiscences…

Et voilà que quelque chose d'autre remonte à la surface : moi qui m'enfonce.

Dans l'ordre des événements, ce n'est pas longtemps après le phare.

J'avance sur la grève. Je n'ai gardé que mon chemisier, après avoir déposé mes bottines sur le sable, mon jean, ma parka.

J'entre dans l'eau. Mes orteils se cognent aux galets, je ne sens rien. Je veux rentrer chez moi, c'est tout. Me jeter dans les bras de ma mère et de mon père et leur demander pardon. Pardon pour tous les mensonges. Pardon pour la soirée, pardon pour le chien adopté en secret. Pardon d'être allée sur cette île. Pardon d'avoir cru en l'amour. Pardon d'être aussi idiote.

Des appels résonnent au loin, mais ça ne me concerne plus. Cette « Ève » qu'ils appellent n'existe plus.

J'ai de l'eau aux chevilles. Elle n'est pas si froide. Au contraire : je serai mieux dedans. À l'extérieur, le vent est glacial.

J'ai de l'eau aux genoux. Je me plie jusqu'à m'asseoir sur les galets, puis je m'élance et cherche un rythme à coups de brasses régulières.

C'est facile, il n'y a qu'à nager vers la gauche en longeant l'îlot puis tout droit jusqu'au continent.

L'eau me lave de mes tourments. Je vais laisser derrière moi cette île maudite et tout ce qui s'y est passé. Déjà le froid a commencé à figer l'image des deux amants enlacés... C'est un souvenir glaçon qu'il me sera facile de casser en mille morceaux. Je vais m'en débarrasser et sortir toute neuve de l'autre côté, blanchie de cette souillure ! Ne plus jamais les revoir. NE PLUS JAMAIS LES REVOIR.

Pleine de hargne, j'accélère mes mouvements. À cette allure-là, je serai arrivée en moins d'une heure !

Il ne me vient pas à l'idée que je pourrais mourir.

Faux, Ève. Cela te vient à l'idée. Mais tu t'en fous. Si tu meurs, alors tu meurs.

Tu nages un peu moins bien, maintenant ; ça devient difficile. Il y a ces mille vaguelettes qui te giflent le visage les unes après les autres, et tu commences à avoir si froid... Tu relèves la tête, les yeux pleins de sel, tu ne distingues presque rien. Devant toi, c'est tout noir, alors que tu devrais apercevoir les lumières du continent.

Le courant a dû t'emmener. Tu te sens faiblir, ton corps est de plus en plus léger, tu le laisses aller à la volonté de l'onde. Tu ne penses pas que tu pourrais couler. Tu n'as pas peur. Tu as nagé au-delà de la peur. La peur est restée sur la plage avec tes vêtements.

Tu as si froid que ton corps est brûlant. Tu es le feu dans l'eau et tu te demandes comment pareil miracle peut exister. Tu es au moment de mourir et tu te sens vivante comme jamais.

Mais cette sensation ne dure pas, car la mer ne veut pas de toi. La Manche te recrache. Ton corps, exsangue, s'abîme dans un amas de rochers, tout au nord de l'îlot.

L'un des rochers est creux.
Tu sombres dans ce cocon minéral.

Dans une demi-heure, on t'appellera.
– Ève, Ève !!!
La voix d'Arthur te parviendra à peine. Elle sera très loin. Tu ne voudras pas lui répondre ; tu voudras seulement qu'on te laisse tranquille. Tu ne voudras pas de voix. Tu ne voudras pas d'Arthur. Tu ne voudras que le silence.
Ils te ranimeront pourtant. Tu entendras tous ces êtres vivants s'exclamer, s'agiter, se mobiliser pour te maintenir en vie. Tu entendras leurs phrases, leurs cris, leur inquiétude. Comme si l'ouïe était le seul sens qui te restait.
Tu entendras qu'on te soulève et qu'on te porte. Tu entendras qu'on te roule dans des couvertures polaires, le bruit de la tasse en fer contre tes dents serrées.

***

La bougie a brûlé jusqu'au bout de sa mèche; le jour point à travers les rideaux. Et avec lui la certitude que le passé est en train de revenir de lui-même. Il revient avec la force d'une vague submersive. Je n'ai pas la moindre idée de sa taille ni de sa puissance.
Je pose mon cahier et récupère les gélules dans la poubelle. J'en compte une, deux, trois, quatre.

LES VACANCES DE NOËL (4)

31 décembre du temps d'avant, 15 h 42

La plupart des gens n'essaient pas d'attraper des morceaux de nuages.

J'ai équipé Gigi au maximum contre la pluie. Veste de quart à capuche, bottes taille 34 : il est trop mignon, petit marin miniature ! Il râle, il n'est pas en sucre, il ne va pas fondre – mais j'y tiens, je veux bien m'occuper de lui, pas question qu'il tombe malade.

Il ne pleut pas quand on part, mais ça ne va pas tarder. Le ciel est bas ; on peut presque le toucher.

– Essaie, Gigi : en montant sur ces rochers, je suis sûre que tu peux y arriver !

Et Gigi tend le bras, lève haut sa petite main pour attraper un bout de nuage.

À cette heure-ci, il n'y a personne sur les chemins de ronde, on peut faire les fous tant qu'on veut.

– Il faut que tu grandisses encore, mon Gigi.

– Bientôt, je pourrai attraper un morceau de ciel ?

– Oui, tu pourras, c'est sûr.

– Pff, tu dis n'importe quoi, Évy !

– Oui c'est vrai, je dis n'importe quoi. Viens me faire un bisou.

Un peu plus tard, on s'assoit sur un banc creusé dans un morceau de granit rose.

– Je pourrai le manger ?

– Manger quoi, mon chou ?

– Le morceau de nuage.

– Ah non, surtout pas ! Il ne faut jamais faire ça. Ce serait une grave erreur.

– Pourquoi ?

– Parce que c'est tellement délicieux que si tu goûtes à ça, plus rien, plus *rien*, tu m'entends, n'aura jamais de saveur.

– Ah bon ?

– Oui, tu trouveras tout fade. Pourquoi crois-tu que la plupart des gens n'essaient pas d'attraper des morceaux de nuages ?

– Et toi, Évy ? Tu as goûté ?

– Je sais pas. Peut-être un jour, sans faire exprès…

Il se blottit contre moi. On est trop bien tous les deux, collés comme ça. J'éclate de gratitude.

– Évy ?

– Oui, mon chou.

– Pourquoi tu restes pas avec nous, ce soir ?

– Euh, parce que j'ai dix-sept ans…

– Oui mais ça va être bien à la maison !

– Bien sûr, ça va être super ! C'est juste que, tu verras, quand tu auras mon âge, tu auras envie de danser, de faire la fête avec des copains… tu crois pas ?

– Si, ça a l'air trop bien. Je peux venir avec toi ?

– Ha ha ! Non, tu es trop petit…

Gigi me fait sa p'tite tête de déçu de la vie.

– Viens, lui dis-je.

– On rentre déjà ?

– On va faire un détour, je vais te montrer un secret.

– Un grand secret ? a dit Gigi, tout excité.

– Un grand secret, oui. Tu en as la primeur. Demain, j'en parlerai aux parents. D'ici là, motus, hein ?

– Promis !

Je mets un doigt devant ma bouche et il fait pareil. On passe par l'arrière de l'ancien terrain d'Arthur pour ne pas risquer de croiser Denis et Vilma s'ils rentrent un peu tôt.

Gigi me devance, courant partout. Il s'arrête net dès que les aboiements se font entendre. La tête penchée, le sourire en coin, il se tourne vers moi. Je ris.

– C'est Karl !

Gigi ouvre de grands yeux étonnés. On s'approche de la grange, je tiens mon frère par la main. On s'avance doucement pour laisser à Karl le temps de me reconnaître et d'appréhender Gigi. Depuis quinze jours que je m'occupe de lui, il a drôlement progressé, mais il reste nerveux.

Juste avant d'entrer dans la grange, je m'accroupis pour me mettre à la hauteur de mon petit frère. Je le mets à nouveau en garde.

– C'est un secret, Gigi. Il ne faut en parler à personne, d'accord ?

Il dit qu'il sait tenir sa langue et demande s'il peut le caresser.

– Il ne vaut mieux pas, non. Il a souffert dans sa vie, alors il a encore peur des gens. Mais bientôt, tu pourras. C'est un gentil chien. En attendant, tu peux lui parler, si tu veux – sans faire de gestes brusques. On va le détacher pour qu'il se dépense un peu.

On lance des bâtons à Karl. Il adore ça, évidemment. Sa queue frétille dans tous les sens. Parfois il zappe le bâton et essaie d'attraper sa queue, trop drôle. Puis Gigi lui dit « Assis ! » et, incroyable, Karl obéit.

On s'assoit à notre tour sur une grosse pierre et le chien s'allonge à nos pieds. Il pousse de petits gémissements.

– Il a peut-être faim ?

– Je crois plutôt qu'il est content. Ne t'inquiète pas, j'ai prévu de lui apporter à manger en partant ce soir.

La pluie arrive, nous donnant le signal du départ. Je rattache Karl, qui se laisse faire, et je promets de revenir lui donner ses croquettes un peu plus tard.

– Au revoir, Karl, à demain, chuchote Gigi.

Une fois qu'on est arrivés à la maison, je propose à Gigi une partie de ping-pong ; on a une table dans la grange, elle est un peu pourrie mais encore jouable. Gigi dit non, il a faim. Moi, il me semble qu'on vient de sortir de table, mais en fait, Denis et Vilma ont bien dû partir depuis deux heures.

Je vais d'abord dans ma chambre, mon frère sur les talons, préparer le bol de croquettes de Karl tant que j'y pense (en puisant dans le sac caché dans mon placard). Je pose le bol plein à ras bord sur mon bureau pour être sûre de ne pas l'oublier – cela dit, ça pue tellement qu'il n'y a pas trop de risque !

Puis j'emmène Gigi dans la cuisine pour notre goûter à nous. Et nous voilà, tous deux, attablés devant des tranches de pain et des tablettes de chocolat au lait, Gigi penché sur mon portable. Ce serait bien que Denis et Vilma ne tardent pas trop. Je ne sais pas encore comment je vais m'habiller… Mes bottines, c'est sûr, et mon jean noir, ça aussi c'est sûr. Après, inutile de songer à un petit haut sympa, vu les températures… Je penche pour mon pull marin bleu marine, la laine en est si serrée qu'il est étanche à l'humidité. Je pourrais même enlever ma parka un moment et rester en pull.

Donc, oui, ça se dessine. Je mettrai un joli chemisier en dessous, quelque chose de doux. Il dépassera un peu.

Quelle heure est-il ? 16 h 30, j'irai me préparer dans une heure. Maintenant que la fête approche, les minutes durent des mois. Et Gigi qui demande pour la douze-millionième fois de l'année et la deuxième fois de la journée :

– C'est quand, Halloween ? C'est bientôt ?

– Mais enfin Gigi, je te l'ai dit ce matin : c'était il y a deux mois pile !

– Oui, ça j'ai compris, mais le prochain ?

Je le regarde avec tendresse. Pour lui aussi, le temps est élastique – il aime vraiment cette fête, je ne sais pas pourquoi. Il adore tout le bordel que ça implique, les déguisements immondes, les zombies… Comment un enfant aussi mimi peut-il avoir le goût du faux sang, des dents en plastique, des rires dégénérés, des perruques dégueulasses, des tronçonneuses ? C'est une énigme.

Lorsque cela fait longtemps qu'il n'a pas demandé, pour rigoler, c'est moi qui pose la question. Alors Denis lève les yeux au ciel :

– Ève ! On avait une trêve !

Vilma, elle, est dans le renseignement pur. « C'est dans trois mois et six jours », voire « C'est dans cent-quatre-vingt-quatre jours ». Elle te sort ça dans la seconde, je ne sais pas comment elle fait. Sorcière !

La réponse ne convient jamais à Gigi.

– D'accord, mais c'est bientôt ?

En y repensant, j'y vois un moyen de faire en sorte que le temps passe plus vite.

– C'est dans dix mois, Gigi, et donc… Remarque, oui, c'est dans pas si longtemps, après tout. Tiens, si tu veux, on peut te préparer ton costume !

Il saute de joie. Quand ce p'tit môme saute de joie, vous ne pouvez pas vous empêcher de croire en quelque chose de plus.

– OK, alors on va chercher dans la maison tout ce qui peut te faire un chouette déguisement !

– Un costume qui fait bien peur, hein Évy ?

Il est déjà à fond !

– Évidemment. On n'est pas là pour faire de la figuration !

On cherche chacun de son côté. On fait le tour de la baraque et on regroupe nos prises sur la grande table de la cuisine. Ketchup, passoire en fer-blanc, gros boutons blancs, éponges en ferraille, foulard rouge, drap blanc, papier crépon rouge, gants de vaisselle en caoutchouc rose… On contemple notre récolte. Je sais exactement quoi faire. Gigi va être une superbe créature horrifique.

– Tu es content, mon frère? je lui demande tout en m'activant.

– Ben oui!

– Alors dis-le!

– Je suis content ma sœur! Et toi aussi, tu vas être contente!

– Euh, mais je suis déjà contente.

Il glousse, bizarrement excité.

– Nan, mais toi tu vas être TRÈS contente quand tu auras ton nouvel appareil photo!

Il met une main sur sa bouche, hilare, comme si le secret lui avait échappé mais qu'il ne le regrettait pas.

– Mais de quoi tu parles?

– Tu sais ce qu'ils sont en train de faire, là, Papa et Maman?

– Ben oui, banane. Ils sont allés faire les courses pour votre réveillon de ce soir à la maison.

Retour du gloussement.

– Non, pas du tout!! Tu te trompes, ils sont allés acheter ton deuxième cadeau de Noël: un appareil photo!

Et il affiche un immense sourire. C'est sa façon à lui de me faire un cadeau aussi. S'il dit vrai, c'est dément: ça veut dire que je vais avoir le matos de mes rêves. Un argentique. Il coûte assez cher et j'avais prévu de travailler cet été, aux tomates, pour me l'offrir. Je voudrais m'essayer au développement en labo, tenter des trucs. Ce serait vraiment dément, oui!

En revanche, s'il dit vrai, ça veut aussi dire qu'ils sont partis loin, parce que ce n'est pas dans le coin qu'on peut trouver ce modèle. Je regarde l'heure sur mon téléphone; j'espère qu'ils ne vont pas tarder. Mon rendez-vous pour aller à la soirée est à 18 h 30. C'est le père de Leila qui nous amène à l'embarcadère, Alana,

Leila et moi. Si je rate le départ en bateau, plus de soirée.

Putain, quel stress.

– Tu rêves, Évy ?

Gigi me tend les grands ciseaux.

– Non, non, je suis là. Allez, au boulot !

Je commence par couper le tissu, pour faire le trou qui lui permettra de passer sa tête dans le drap.

DE JOUR EN JOUR (7)

14 décembre du temps présent, 18 h 23

Je t'ai déjà tout raconté mille fois.

J'ai fini par appeler Arthur ; je lui ai donné rendez-vous au bar.

Je suis un peu en avance. Je ne lui ai rien expliqué au téléphone, mais il a dû la sentir à ma voix, cette tension qui m'envahit jusqu'à m'occuper tout entière. Je crois bien que je suis en train de devenir une autre personne.

Le voici. Il entre dans le café, dégoulinant de l'averse qui vient juste de sonner le glas d'une journée parfaitement bleue. Il ôte sa parka, l'accroche près du baby-foot. Dessous, il porte son éternelle veste en jean. Ce détail familier me fait chaud au cœur.

Il me rejoint, commande en passant un sandwich au comptoir.

C'est un troquet, moitié pub moitié repaire de pirates. Il y fait sombre et c'est plein de fumée, vu qu'ici, on est dans le trou du cul du monde – et que, dans le trou du cul du monde, le décret concernant l'interdiction de fumer dans les lieux publics n'est pas considéré comme une interdiction mais comme une proposition.

Proposition rejetée.

Chaque heure amène son habitué. À la table du fond, celle qui tourne le dos à la télé, c'est la place des joueurs de cartes. Les vieux du village, toujours les mêmes, y font leur belote quotidienne. Ils grognent quand la place est prise par deux vieilles qui jouent à la crapette, attendent alors leur tour au bar en s'envoyant des picon-bière.

Arthur s'assoit, son sandwich en main.

– Excuse-moi, j'ai rien mangé depuis hier soir, ça te dérange pas ?

Je souris en secouant la tête. Il dévore littéralement. Son appétit fait plaisir à voir. La serveuse dépose une limonade devant lui.

– Alors dis-moi, pourquoi est-ce que tu voulais me voir ?

Rien que d'entendre sa voix douce, attentive, une bouffée de reconnaissance m'envahit. J'en ai les larmes aux yeux. Arthur a été d'une telle patience avec moi ! Il remarque que ma main tremble et, aussitôt, la serre dans la sienne, ça me fait du bien. Je lui dis merci de me supporter.

– Tu sais, me répond-il avec un sourire dans les yeux, je n'ai pas de mérite : j'ai toujours été un peu amoureux de toi.

Je ne sais pas si c'est vrai ou si c'est pour me faire sourire. C'est mon plus vieux pote. On s'aime profondément. Est-ce que c'est de l'amour, de l'amitié ou un truc entre les deux, franchement je n'en sais rien ; mais ce dont je suis certaine, c'est que c'est quelqu'un que, toute ma vie, je serrerai dans mes bras quand je le verrai.

Enfin, je l'espère. Parce que je tends à ressembler à ma mère, je suis de moins en moins sentimentale. C'est dur de rester tendre.

Je lui raconte tous les souvenirs qui me sont revenus récemment, et notamment cette dernière vision terrible, cet instant fou où j'ai Benjamin dans le viseur. Et où j'ai envie de lui exploser la tête. Et je conclus :

– Tu vois, j'avance. Et maintenant, quand je me réveille, je sais tout de suite quel jour on est et que j'ai ce médicament à prendre. Ce qui fait que je le prends plus tôt, au saut du lit.

– C'est génial, me dit Arthur.

Il sourit mais ses yeux restent graves.

J'attends encore un peu avant de poser ma question du jour. Je vois bien que son corps est tendu comme un arc. Il n'arrête pas de remuer les épaules.

– J'ai besoin que tu me dises si j'ai tiré sur quelqu'un.

Bien que j'aie parlé à voix basse, un gros type derrière Arthur se retourne. Il pivote et s'en revient à sa pinte.

– Arthur… dis-moi, putain. J'ai besoin de savoir ce que j'ai fait. Je me sens vraiment mal…

Son sourire se craquèle. Dessous, on peut lire l'inquiétude.

– Mon Ève, tu sais que tu m'as demandé toi-même de ne plus rien te raconter. Tu as dit que ça ne servait à rien, puisque tu oublierais tout à nouveau.

Je hoche la tête. S'il m'avait dit cela avant que je n'entreprenne l'écriture de ce cahier, je n'y aurais pas cru. J'y aurais vu la preuve qu'il était comme les autres, à vouloir me cacher des choses. Mais désormais, je suis prête à remettre en question pas mal de certitudes.

– C'est vrai, lui dis-je dans un souffle. Seulement, c'est en train de changer. Je suis en train de reprendre le contrôle.

Une image m'assaille : nous deux dans ce même bar, l'été dernier. Arthur me tenant le visage de ses deux mains. Il veut me dire quelque chose et je ne veux pas l'entendre. Sa bouche articule, mais je suis sourde. Je me souviens, oui, de lui avoir dit d'arrêter de me parler, d'arrêter de venir me voir. Et même de l'avoir frappé un jour.

– S'il te plaît, Arthur. Je te paie une bière.

Ça devrait le faire sourire, mais non.

– Ève, est-ce que tu te souviens que je t'ai déjà tout dit *plein de fois* ?

– Pas vraiment. Mais je me souviens de t'avoir empêché de me parler.

– C'est vrai ? Et tu… tu te souviens de ce dont je te parlais ?

– Non. Justement.

– Parce qu'en fait, tu vois, je t'ai parlé quand même. Mais tu oubliais tout, toujours, presque à la seconde.

– Je sais. Mais cette fois, c'est différent. La mémoire est en train de me revenir. Peut-être même que bientôt, je n'aurai plus besoin de médicaments.

C'est vrai, ce que je lui dis. Depuis quelque temps, mes souvenirs jettent l'ancre au lieu de s'en repartir avec la marée, comme avant.

– C'est ce que Vilma nous avait dit. Qu'il fallait que tu te souviennes par toi-même, que c'était la seule façon pour que les souvenirs restent. Et que ça ne servait à rien de te raconter la vérité, à part te faire souffrir.

– Elle avait raison. *Jusqu'à maintenant.*

Arthur pose sa main sur la mienne.

– Une Grim, alors ?

– Une Grim. Merci Arthur…

Je commande et me lève pour récupérer les deux bières au comptoir, puis je reviens.

– Ça fait très bizarre, tu sais, de se ressouvenir. C'est comme descendre dans une cave super sombre. Tu ne vois que des ombres, des formes sous la poussière que le temps n'a pas balayée et, tout à coup quelqu'un allume la lumière et waouh, elle est si vive que tu en es ébloui. Au début, tu n'arrives pas à distinguer quoi que ce soit. Juste un détail ou deux dans la pièce. Quand ce garçon, Ivy, m'a parlé à la soirée, il a allumé la lumière. Je n'ai, tout d'abord, vu que ça… ce Beretta… Putain, je devais être ridicule, à agiter mon gun comme une folle…

– Non, mon Ève, t'étais pas ridicule du tout. C'est plutôt qu'on était tous super inquiets. Et à vrai dire, on ne savait pas trop ce qui se passait. Moi, je n'étais pas au phare quand tu as tiré. J'étais près de la grotte, avec Gaël. On était toujours à la recherche de Leila. On flippait qu'elle soit tombée de la falaise.

Oh, alors… j'ai tiré.

Je suis effondrée. Mais Arthur ne me laisse pas le temps de tomber plus bas :

– On a accouru dès qu'on a entendu les coups de feu.

Je l'écoute, droite sur ma chaise. Une statue de pierre. J'attends la suite. Putain, j'ai tiré… Je réfléchis à toute allure. Il n'est pas possible que cela ait eu de graves conséquences : Arthur ne serait pas aussi détendu avec moi. Quant au père de Leila, il ne supporterait pas de me voir, je suppose. Oh, ou alors, peut-être qu'il n'est pas au courant de cet épisode ? Arthur est mon ami, il a pu me couvrir, et…

– Ève, rassure-toi : tu n'as blessé ni Leila ni Benjamin. Ni personne… à part toi.

Je bois une longue gorgée de Grim. Le milieu de mon dos me brûle. Quoi, alors ? Sur qui j'ai tiré ?

– Je suis entré dans le phare, poursuit Arthur, et j'ai compté huit trous dans le plafond en bois. Tu avais vidé le chargeur en l'air.

J'ai vidé le chargeur en l'air… en l'air ?! Oh, bon sang ! En l'air ! J'ai envie de sauter de joie ! J'ai tellement bien fait ! Je n'ai blessé personne. Je ne suis pas un monstre, alors !

– Quand on est arrivés, Gaël et moi, tout était déjà terminé. Toi, tu avais disparu ; Benjamin et Leila étaient debout, choqués. Tout le monde parlait dans tous les sens – certains croyaient que c'était encore une blague des jumeaux – et c'était dur de comprendre ce qui s'était passé. Alors je suis allé prendre Benjy à part, et il m'a expliqué. Tu peux te vanter de lui avoir fichu la trouille de sa vie…

J'ai un faible sourire. Nouvelle gorgée de bière. Elle est délicieuse. Je n'ai tiré sur personne !

– J'ai engueulé Benjamin, raconte encore Arthur, j'ai engueulé Leila. Fred a engueulé son cousin. Enfin, tout le monde engueulait tout le monde, c'était le bordel. Je n'avais jamais vu Leila comme ça. Elle était très mal à l'aise et Benjamin faisait celui qui ne comprenait pas. Je suis sûr qu'il a compris, depuis. Il n'aurait pas dû jouer avec tes sentiments… Bref. J'allais les quitter quand Leila m'a attrapé le bras. Elle m'a dit qu'elle s'inquiétait pour toi, qu'il fallait aller te chercher.

D'accord. Les pièces du puzzle s'assemblent. Je les ai surpris. D'accord. J'ai été blessée comme jamais je ne m'y serais attendue. J'ai voulu riposter. J'étais ivre de colère. Je suis allée chercher le pistolet du cousin. D'accord. Je les ai pistés, trouvés dans le phare, visés. D'accord. Ma colère a mué. J'ai tiré en l'air, puis je suis partie. Je me suis enfoncée dans la forêt, j'ai débouché sur une plage et voulu rentrer à la nage. D'accord. J'aurais pu mourir. D'accord. J'ai été repoussée par les courants et les autres m'ont repêchée dans un trou de crabes. D'accord. Mais alors, après quoi je cours depuis ce temps ?

Est-ce qu'il entend mes pensées ? Arthur reprend la parole :

– Leila va bien, Ève. Elle est partie avec Benjamin. Ta mère, ton père, moi, Lebeuf, le père de Leila, on te l'a dit, redit, répété. À chaque fois, tu disais, « Ah oui, tant mieux ». Et dès le lendemain, tu étais persuadée à nouveau qu'elle avait été enlevée, tu voulais remuer ciel et terre… Un jour, j'ai insisté et tu t'es mise en colère, tu m'as même frappé tant tu étais persuadée que je ne voulais pas te croire. Ta mère nous a tous réunis et elle nous a demandé d'arrêter de te raconter la vérité. La consigne venait de ton psy, il lui avait dit qu'il valait mieux veiller sur toi en attendant que tu retrouves la mémoire par toi-même. Alors on a cessé de te parler. Ceux qui étaient embarrassés avec ça ont pris leurs distances…

– Mais pas toi.

– Non, je ne t'aurais jamais laissée seule. Mais j'ai respecté la promesse faite à ta mère, je me suis contenté de t'accompagner… en attendant ce moment, ajoute-t-il en me prenant encore la main.

OK. Ça fait beaucoup d'un coup, là. Mais je sais qu'Arthur a raison ; cette impression que j'avais que tout le monde me cachait quelque chose, elle vient de là, de ces consignes qu'ils respectaient sans que je le sache.

Cependant, il reste des questions.

– Ils sont où, Benjamin et Leila ? Comment ça se fait que je ne les aie jamais croisés ?

– Au Mali. Son père y était déjà, il a trouvé un nouveau boulot là-bas, Leila l'a rejoint au milieu de l'été. Ils bossent pour une association d'aide aux enfants.

D'accord, je comprends. Leila doit être heureuse : elle a trouvé le moyen de se tirer d'ici. C'est ce qu'elle voulait, elle aussi.

– Leila est revenue, je crois. Il m'a semblé la voir.

– Oui, elle est rentrée, pour passer les fêtes avec son père. En te voyant arriver, elle s'est planquée chez la voisine. Elle était affolée et ne savait pas comment se comporter avec toi… à cause de… tout ça…

Je me sens soudain terriblement seule. J'ai du mal à réfléchir. C'est une torture. Je fais part à Arthur de mes doutes :

– Dis… tu crois que j'ai grillé ma mémoire *volontairement*, pour ne plus avoir cette image de Leila et de Benjamin ensemble ? Peut-être que j'ai tout oublié parce que ça m'arrangeait, en fait ?

Il a l'air profondément gêné, peut-être tracassé… pour moi ? Ou… par rapport à ce que je n'ai pas encore découvert ? Me cache-t-il encore quelque chose ?

– Ève, tu n'as pas encore complété ton histoire. Et chacun ici, moi le premier, sait qu'il doit la boucler jusqu'à ce que tu retrouves toute ta mémoire.

Je regarde autour de moi. Les gens qui sont dans le bar savent-ils ce que j'ai traversé ? En savent-ils plus que moi sur moi-même ? On dirait bien qu'ils m'observent mais détournent le regard à chaque fois que je veux établir le contact… Pourquoi ? Je me sens très mal, d'un coup.

– Je vais rentrer.

– Attends.

Arthur se rapproche de moi. Il prend mon visage entre ses mains, plonge ses yeux dans les miens. De ses pouces, il caresse mes tempes. J'essaie de lire quelque chose dans son regard. Je vois que c'est une personne qui ne me veut que du bien.

– N'oublie pas que je serai toujours là pour toi, d'accord ?

Je hoche la tête.

– Je te raccompagne, me dit-il.

– C'est gentil, mais j'ai envie de marcher.

Je laisse un billet sur la table.

– Ève ? me lance-t-il avant que je prenne le chemin de la sortie.

– Oui ?

– Tu m'appelles demain si tu te souviens de ce qu'on vient de se dire ?

– Promis.
– Je t'escorte jusqu'à la porte, cloporte.

***

La maison est silencieuse, Vilma n'est pas rentrée. Ce n'est pas normal ; peut-être reprend-elle ses vieilles habitudes ? Comme avant, lorsqu'elle pouvait arriver à toute heure…

La discussion avec Arthur m'a fait du bien, c'est sûr… mais pour autant, je suis toujours nerveuse, insatisfaite. Je regarde les murs de ma chambre, les affiches, les pêle-mêle de photos des années passées. Les murs aussi sont porteurs de souvenirs.

D'un tiroir, un des flyers que j'avais faits pour retrouver Leila dépasse. Je tire dessus sans ouvrir le tiroir. Je regarde le bout de papier déchiré, le sourire de Leila dans ma main, durant de longues minutes. Je froisse l'image, la jette à la poubelle. Puis je tombe sur l'affiche des vieilles charrues. Le concert de Martin Garrix, je m'en souviens maintenant. À l'heure qu'il est – presque 20 heures –, c'est un exploit. Oui, je m'en souviens, et même assez précisément ; c'est avec Arthur que j'y suis allée.

Suis-je en train d'entrevoir le bout du tunnel ? Vais-je pouvoir enfin reprendre le cours de ma vraie vie ? Retrouver ma famille ? Peut-être bien…

J'imagine Leila et Benjamin à Bamako, entourés d'enfants, et je n'éprouve rien de spécial. Ni sentiment de jalousie, ni colère, ni rien. C'est étrange, je m'en fous.

Est-ce que je serais passée à autre chose ?

Mes yeux glissent sur mon imprimante, qui dort sous sa housse depuis des mois. Elle n'a pas servi depuis cette photo de Leila pour le flyer. Ce n'est pas comme si je n'avais pas eu le temps de m'y mettre : simplement, je ne pouvais pas. Toutes les photos que j'ai prises sont restées dans mon appareil.

J'enlève la housse de la machine. Dans ma tête, un nouveau verrou saute.

Un frisson me parcourt lorsque je m'installe devant mon ordi. Pendant une heure, j'édite les photos. Mais très vite, une grande tension s'empare de moi, j'ai le souffle court, une nausée de plus en plus forte. Et des démangeaisons arrivent. Ça me gratte de partout, une horreur.

Qu'est-ce qui se passe ? Alors que je devrais être soulagée de ne plus avoir à m'inquiéter pour Leila, l'angoisse me comprime la poitrine de plus belle, la peau me brûle. Pourquoi ?

Le soir est arrivé sans bruit et il est déjà tard lorsque je m'en rends compte. Sur mon téléphone, aucun message de Vilma. Je sais qu'il est inutile de l'appeler, qu'elle ne répondra pas. Elle dit qu'elle est là pour moi, elle est sûrement sincère dans son intention mais elle ne sait pas le faire, en fait. Je compose quand même le numéro, ça sonne.

Bien sûr, personne ne répond.

En écartant le téléphone de mon oreille, j'entends une vibration étouffée. Ça vient de la cuisine. Je ne mets pas longtemps à trouver son sac, accroché à une patère dans le débarras. Avec le téléphone dedans, bien sûr.

J'appelle à haute voix.

– Vilma ? Vilma ?

J'enfile ma parka pour aller voir dehors. Le ciel est vêtu de son gris le plus noir. Il n'y a pas de vent ; l'orage est encore loin. Je peux voir la foudre tomber aux confins du paysage. Elle zèbre le ciel sur tout le quart nord-est.

Vilma n'est pas à la grange, ni sous le préau. Je fais le tour de la maison. Il fait un froid de gueux ! Dans le pré, Elsève est debout, Loréal couché à côté de lui. Inerte.

Je m'avance.

En arrivant près des chevaux, j'aperçois enfin ma mère, allongée contre Loréal, les bras autour de son encolure. Elsève approche ses naseaux tantôt des cheveux de ma mère, tantôt de la crinière de Loréal. Les deux se confondent sous les volutes de vapeur exhalées par la jument. Je me penche et pose ma main sur la croupe de Loréal pour le caresser. Il est encore chaud.

Alors je me couche contre ma mère qui, elle, est gelée. Et je l'entoure de mon bras, comme elle entoure son cheval mort. Et nous restons ainsi, jusqu'à ce que, tout à coup, sans prévenir, les larmes jaillissent de mes yeux. Je me mets à pleurer, pleurer comme jamais je n'ai pleuré. Mon chagrin est immense, sa source intarissable. Je sanglote très doucement, pour ne pas rompre le silence de cette étrange veillée mortuaire.

On reste là, oubliant tout sauf l'incursion de la mort dans le pré ; et puis le vent se lève, l'orage éclate enfin au-dessus de nous et les premières grosses gouttes nous ramènent à la vie.

***

Le lendemain, Vilma s'est encore un peu plus renfermée sur elle-même.

Le nez dans mon bol de chocolat chaud, je l'observe qui regarde sans arrêt en direction de l'écurie. On dirait qu'elle a pris dix ans. Ou est-ce moi qui ouvre les yeux ? Est-ce moi qui la découvre, maintenant que je suis moins occupée à regarder en moi-même ?

Qu'est-ce que j'ai loupé d'autre ?

Je laisse mon petit dejeuner en plan et remonte dans ma chambre.

Je me recouche et me mets à trier, au chaud dans mon lit, les tirages des photos que j'ai imprimées. Je les étale sur la couette. C'est vite le foutoir.

Mes pêle-mêle sont immenses. Les murs de ma chambre ne le sont pas en revanche, alors je les conçois dans la longueur. Les deux dernières années, de mes quinze ans à mes dix-sept ans, forment un diptyque. La série allant de mes dix-sept à mes dix-huit ans bouclera le triptyque.

Allez, je vais prendre ma douche.

Je reste longtemps sous l'eau. Je la fais couler de plus en plus chaude sur ma nuque pour essayer de me détendre, de calmer ma peau, de chasser cette angoisse qui m'assaille sans répit depuis la conversation avec Arthur. J'enfile un jean, un t-shirt, un gros pull, une écharpe et je vais dans la grange préparer le support sur lequel je vais coller mes photos. J'utilise de vieilles toiles – je les achète au poids dans les brocantes de village, puis je gratte la peinture et ponce la surface jusqu'à ce qu'elle soit bien lisse.

À quatorze heures, j'ai fini : toutes mes photos sont positionnées. Il ne me reste plus qu'à les coller.

À travers le carreau, une hirondelle – que fait-elle ici à quelques jours de Noël ? – trace des figures dans le ciel. J'observe l'acrobate, ce qu'elle parvient à accomplir d'un seul coup d'ailes. En trois temps, elle a fait le tour du jardin. Une impulsion supplémentaire et elle vient se poser sur Elsève. Elle ne bronche pas. L'hirondelle reste sur son dos un moment.

Je m'approche de la fenêtre. Est-ce que cet oiseau existe vraiment, ou l'ai-je imaginé ? Elsève s'ébroue, l'hirondelle décolle et revient aussitôt. Désormais, ce que je vois existe bel et bien. Je peux me fier à moi-même, faire la différence entre imagination et réalité.

Les souvenirs de la soirée s'étalent sur mon lit.

- Leila qui danse sur le chemin
- Un selfie de Leila et moi sur la piste de danse
- Le décor de la fête éclairé par les grosses lunes blanches
- Livia dans son sac de couchage
- Le ciel étoilé à travers le plafond
- Les ossements de plastique dans la grotte

Je reste un moment à regarder cette photo-là. Le stratagème était plutôt grossier ; si on s'est tous fait avoir, c'est qu'on en avait envie, au fond…

- La maison de Leila
- Les plaques en bronze des médecins chez qui je suis allée
- Des halls d'hôpitaux
- Une tablée chez Manon et Louise

Je ne me souviens pas d'avoir pris ce cliché. Ça devait être cet été, tout le monde est en manches courtes. On y voit Denis, Vilma, Manon, Louise, deux autres personnes… J'ai pris la photo d'en haut, penchée à une fenêtre du premier étage de la maison. C'est la fin du repas, les enfants sont sortis pour aller jouer dans le jardin, peut-être à la balançoire. Les visages sont tous tournés vers moi. Tout le monde sourit, sauf Vilma, comme toujours.

J'hésite à coller celles qui représentent Leila dans le pêle-mêle. Elle n'est plus mon amie, je ne la trouve plus si belle. Je ne sais pas quoi faire. Je suis de plus en plus oppressée. Vertige, nausée. Qu'est-ce qui m'arrive, à la fin ?!

Sortir, prendre l'air. J'enfile mes bottes, ma parka, et je vais rejoindre Elsève. Je la caresse, elle se laisse faire. Je me dirige vers l'écurie. Elle me suit. Je la selle.

Dans la lande, nous allons au pas. Je ne la dirige pas, elle fait ce qu'elle veut. C'est la première fois que je la monte. Je ne suis pas une très bonne écuyère, mais à ce moment-là, ça n'a aucune importance. Je suis cette hirondelle posée sur le dos d'Elsève.

Ma monture profite de sa liberté. Ses sabots évitent les pierres puis accélèrent sur le sol mousseux. Nous galopons, à présent. Je n'ai pas peur ; je fais confiance à Elsève. Je deviens Elsève.

Je pleure dans le vent. Et ce sont mes larmes, ce soir, qui salent la fin du jour.

***

Vilma est en train d'ouvrir un bocal de soupe quand je rentre. On va dîner léger.

Je sors deux assiettes creuses. Mais à peine les ai-je posées sur la table que la nausée revient en force – j'ai juste le temps de foncer aux toilettes, où je dégueule tant et plus.

Vilma m'apporte une serviette humide.

– Va te coucher, Ève..., elle me dit d'une voix étonnamment douce. Tu as besoin de repos.

Je peux à peine tenir sur mes jambes. Vilma me borde. Vilma me borde ?

Il est quatre heures du matin. J'allume la lumière, qui vient faire luire les photos. Mais au lieu de les regarder une par une comme cet après-midi, j'appréhende l'ensemble : le pêle-mêle de cette année, ceux des années précédentes.

Et sans que je comprenne pourquoi, sans que je puisse rien y faire, une plainte sort de ma bouche. Je m'entends gémir, incapable de sortir de ma sidération. Je vois bien que mes photos mises toutes ensemble me crient la vérité : je n'ai rien fait d'autre que photographier *l'absence*, cette année.

Leila et Benjamin, Denis et Gigi, tous mes amis, l'absence me cerne, me tient en joue.

Je dois partir. *Maintenant*.

J'enfile un jean, mes bottines, mon pull marin. Sans l'avoir voulu, je me retrouve dans les mêmes fringues que le soir du réveillon de l'année dernière. Je descends les escaliers ; la maison est silencieuse. Vilma doit dormir. Je fouille dans son sac.

J'ai réussi à diriger Elsève, aujourd'hui : je devrais m'en sortir avec le vieux Nissan Patrol.

***

Les petites routes demandent toute ma concentration, mais je les emprunte sans encombre jusqu'à la nationale 12.

OK, j'ai fait le plus dur. Mes quelques heures de conduite accompagnée n'auront pas été vaines ! Il me reste une cinquantaine de kilomètres jusqu'à Rennes. J'y serai à 6 heures.

La route est déserte, rien ne me distrait. Mon esprit ne pense qu'à une chose : être au moment où je vais me garer devant chez eux.

J'imagine la frimousse de Gigi, endormi dans son lit. Je me demande quelle couleur a sa couette. Est-ce qu'elle est couverte de petits personnages qui égayent ses rêves ? Je le couvrirai de bisous et de chatouilles et il râlera parce qu'il sera tôt, pendant que Denis me demandera ce qu'il se passe, pourquoi et comment je suis venue, est-ce que j'ai conduit la voiture toute seule, est-ce que Vilma sait que je suis là ?!

Et je répondrai. *Tout va bien, t'inquiète, je voulais juste embrasser mon petit frère, ça fait longtemps, si longtemps, vraiment… trop longtemps.*

J'éclate en sanglots au volant. Et ces sanglots me sauvent la vie, parce que j'allais m'endormir et il y a beaucoup de camions, et c'est certain que j'en aurais pris un en pleine face.

Mais l'accident a lieu tout de même. Il y a des travaux et je vais trop vite, je ne vois pas la déviation, je ne comprends pas la signalisation. Je rate l'embranchement, vais tout droit, et tout droit il n'y a plus de route.

Ma voiture s'envole, rien à voir avec une hirondelle, puis retombe. La tête à l'envers.

Rideau. Noir. Sirène des pompiers. Brancard. Hôpital. Retour à l'envoyeur.

DE JOUR EN JOUR (8)

21 décembre du temps présent, 06 h 10

Tous ces mois, j'ai voulu que ce soit toi la morte.

On dirait la même chambre qu'en janvier dernier. Un mètre carré de fenêtre sur jardin à droite, un mur de verre sablé côté couloir à gauche. Une télé minuscule sur un bras articulé devant le lit. Une petite table de chevet. Un fauteuil dans le coin droit.

J'ai un pansement sur la tête. Onze mois et vingt jours plus tôt, j'occupais un lit semblable, et je me tenais dans la même position, à regarder les nuages passer dans le ciel d'un côté, à essayer d'observer les ombres se mouvoir à travers le verre sablé de l'autre.

Je fabrique le film de l'époque à l'aide de mes souvenirs et à la lumière de ce que j'ai appris. Ce que j'ai appris hier et que je savais déjà.

Je me revois ainsi, dans ma chambre de janvier dernier.

Vilma vient de sortir. J'aperçois son ombre à travers le verre sablé ; elle parle à un médecin, celui qui a pris soin de moi à mon arrivée aux urgences, en état d'hypothermie sévère.

Il a rassuré mes parents, il me faudra rester en observation quelques jours mais je ne devrais pas avoir de séquelles. Vilma respire mal, elle se tient au carreau.

Une jeune infirmière entre dans ma chambre à cet instant, s'adresse à moi.

– Tout va bien, Mademoiselle ?

De l'autre côté de la vitre, le médecin met la main sur l'épaule de ma mère. Il lui dit :

– Allez voir votre fils, maintenant. Une infirmière va veiller sur votre fille.

Vilma acquiesce.

– Courage, Madame.

Soudain, Vilma se fige. Elle a entendu un cri. Reconnu la douleur dans la voix de Denis, l'écho dans son cœur que l'espoir a déserté.

Elle plaque sa main au carreau pour ne pas tomber.

Elle tombe quand même, évanouie.

C'est fini.

Gigi a lutté toute la nuit, mais ses blessures étaient trop graves. On ne me l'a pas dit tout de suite. Ils ne voulaient pas que je le sache, dans l'état de faiblesse où j'étais. La jeune infirmière a gaffé, on ne peut lui en vouloir, quand elle a dit, voulant me consoler :

– Ce n'est pas de votre faute, ce qui est arrivé à votre frère… C'est un accident, un terrible accident…

Je ne savais pas de quoi elle parlait mais j'ai fait comme si. J'ai demandé comment c'était arrivé. Elle m'a tout expliqué.

Le chien – les croquettes – le costume d'Halloween – la morsure fatale au cou.

Mon Gigi… Mon petit frère… Gigi…

J'ai regardé l'infirmière et je n'ai rien dit. Je suis restée insensible, anesthésiée. J'entendais, je ne comprenais pas.

Ou alors, peut-être que je comprenais trop bien. Gigi avait été attaqué par ce chien – mon chien. Mon mensonge. Il était mort par ma seule faute. Et on ne pourrait jamais revenir en arrière. C'était fini.

L'accident avait eu lieu sans moi, l'espoir avait eu lieu sans moi, Gigi avait lutté sans moi ; j'arrivais après, trop tard, alors qu'il n'y avait plus rien à faire. Je n'avais pas été là pour mon petit frère. J'étais responsable de tout, de son accident et de sa mort.

Constatant que j'avais oublié la gamelle dans ma chambre, Gigi était allé apporter les croquettes à Karl. Karl a dû avoir peur de lui. Il l'a attaqué.

L'infirmière m'a dit que Gigi portait toujours son costume d'Halloween en arrivant à l'hôpital.

Gigi est mort d'avoir été trop gentil. Et moi, moi je n'avais pensé qu'à mon désir d'être avec Benjamin. J'avais occulté tout le reste.

À cause de moi, Gigi n'aura jamais dix ans, jamais vingt ans, ne s'appellera jamais Gilbert, ne sera jamais un homme, ne portera jamais de cravate.

Le choc était trop grand. Je n'avais pas la force d'éprouver cette douleur.

Il était vingt heures lorsque l'infirmière m'a appris la mort de Gigi. À l'aube, quand l'autre infirmière (celle au chignon) est venue voir comment j'allais, j'avais glissé dans un black-out total. J'étais incohérente, j'avais même oublié la soirée et ce qui s'y était passé.

Vilma, Denis, les médecins, les psychiatres, Madame Hanka, Arthur, chacun s'est employé à me ramener comme il le pouvait sur le rivage de la réalité. Mais il était hors de leurs compétences de m'y hisser malgré moi. Toujours je repartais dans l'immensité profonde de l'oubli, seul endroit où je pouvais encore survivre.

***

La mort ne veut pas de moi. Elle n'a pas voulu de moi quand je me rendais disponible pour elle, en me jetant à l'eau il y a un an. Elle ne veut pas de moi aujourd'hui alors que je m'envole en Nissan Patrol. Pourquoi nous a-t-elle pris Gigi ?

Je ne reste que quelques jours à l'hôpital.

***

Nous marchons à pied pour rejoindre le camion à chevaux. Vilma me ramène à la maison. Les trottoirs sont dégueulasses, la vie est dégueulasse. Il y a de la merde dans les caniveaux, des coulures sur les murs, des fissures dans les clôtures. Sûr qu'un jour, tout ça va s'effondrer. Pour moi, c'est comme si c'était fait.

De loin, la maison paraît toute petite et le cyprès démesuré.

En passant près de la maison, j'aperçois une silhouette assise sur le perron. Quelqu'un m'attend...

Vilma continue sa route et gare la voiture près de l'écurie. Je claque la portière.

Après lui avoir tant couru après, je marche sans hâte vers la silhouette aperçue. Leila.

Elle s'approche de moi, nous nous embrassons. Elle me serre fort dans ses bras. Elle a les yeux rouges.

La cuisine, le salon, me sont insupportables.

– Viens, on va dans ma chambre.

Alors que nous montons dans les escaliers, Vilma m'appelle.

– Ça va aller, ma grande ?

J'ai envie de pleurer mais je fais comme elle, la forte.

– Ça va.

J'essuie des larmes indociles en montant les marches. On a oublié d'enlever nos pompes, ça fait un boucan d'enfer sur le bois creux. La première chose que je fais en arrivant à l'étage, c'est d'aller dans la chambre de Gigi. Je regarde partout et cela me confirme qu'au fond de moi, j'ai toujours su qu'il n'était pas à Rennes : comment serait-il parti sans sa collection de figurines pop, sans ses BD, sans ses journaux de super-héros, sans ses peluches…

Leila m'observe, soucieuse, depuis le seuil. Je referme avec précaution la porte de la chambre de Gigi et nous allons dans la mienne.

Je décolle la feuille rose sur ma porte, la plie en huit, la glisse dans la boîte de gélules que je range au fond d'un placard. Assise sur mon lit, Leila fixe les photos de mon dernier pêle-mêle – celui où l'on voit tout le monde, sauf mon petit frère. Celui qui me dit, me hurle que cela fait un an qu'il n'est plus là. Que faire de ces photos ? Que faire d'une vie sans Gigi ?

Je sens que Leila veut me parler. Dehors, Vilma brosse Elsève avec patience et application.

– Est-ce que tu me pardonnes ? me demande Leila.

L'animal reçoit les coups de brosse en frémissant, mais il demeure immobile, campé droit sur ses sabots. Je me retourne vers Leila.

– C'est toi qui vas devoir me pardonner.

– Comment ça ?

– Je t'ai tuée.

– …

– Je me suis servie de toi, lui dis-je sans émotion. Tous ces mois, j'ai voulu que ce soit toi la morte.

– Je comprends. Et je ne t'en veux pas du tout.

– C'est quand même à moi de te demander pardon, Leila. Je me suis fabriqué un drame moins… Enfin, tant que je faisais travailler mon cerveau au mystère de ton absence, il n'y avait pas de place pour celle de mon frère… Je t'ai désignée comme victime. Pas seulement à cause de ce que tu avais fait à la soirée, mais surtout parce qu'il fallait, pour que le stratagème fonctionne, que ce drame touche quelqu'un que j'aime vraiment fort. Tu étais la candidate rêvée.

Leila veut me prendre la main. Je la retire. Je l'ai vraiment tuée, mentalement, de sorte qu'aujourd'hui, si je suis heureuse de la savoir sauve, elle n'existe plus pour moi. C'est irréversible. Je l'ai sacrifiée.

Elle me regarde avec tristesse. Moi, la tristesse est, pour toujours, ma nouvelle adresse.

– Leila… J'aurais préféré que tout ce que j'ai imaginé soit vrai, plutôt que la vérité. J'aurais préféré mille fois avoir tiré sur Benjamin et toi plutôt que d'avoir perdu mon frère…

Je me trouve si froide. Elle est horrible, cette fille que je suis devenue. Leila hoche la tête sans rien dire. Son visage est empreint de douceur. Elle comprend, elle l'a dit et je la crois. C'est mon amie ; je ne l'ai pas choisie par hasard.

Je la raccompagne à l'entrée de la maison. Leila ne dit rien. Je ne pense pas que je la reverrai. Tout ça est trop grand pour nous. Je serais accablée si je pouvais encore éprouver un sentiment…

Elle s'en va, à pied. Je la laisse s'éloigner, et les jours heureux avec elle.

Je n'ai pas entendu Vilma arriver derrière moi. Elle met ses bras autour de ma taille, pose son menton sur mon épaule, sa joue contre ma joue.

– Maman, lui dis-je en me retournant.

Et j'enfouis mon visage dans son cou pour y verser mes larmes.

***

Le lendemain, Denis revient. Vilma et lui restent face à face quelques secondes et je me sens horriblement gênée d'être là, d'assister à ces retrouvailles, de le voir entourer ma mère de ses bras. Je suis embarrassée mais heureuse, en même temps, qu'ils soient réunis.

Brusquement, je me mets à trembler de tous mes membres, secouée d'émotions. Je leur ai fait vivre le pire après le pire !… Je les ai enfermés dans la prison de mon déni après avoir provoqué la mort de leur enfant. Et ils n'ont cessé d'essayer de m'aider. Vilma, en restant auprès de moi avec une patience dont je ne l'aurais jamais crue capable ; Denis, en s'exilant loin de la femme qu'il aime pour laisser libre cours à sa souffrance. Je n'ose imaginer l'inouïe douleur que ce devait être pour eux de me voir nier la réalité, inventer la disparition de Leila. Par ma faute, la plaie dans le cœur de mes parents restait ouverte comme au premier jour. Une définition simple de l'enfer.

Ce matin, ils se retrouvent et leurs corps, dans cette union, s'assemblent parfaitement.

Mais cet amour est insupportable pour moi. Ça déborde. Sans Gigi, de l'amour qui déborde, je n'en veux pas ; je ne peux pas !

Je m'enfuis.

Quelques instants plus tard, j'entends la porte de ma chambre s'ouvrir. Je suis planquée sous ma couette. Je ne veux voir personne – et surtout pas Denis. Je ne pourrai jamais me pardonner. Jamais. Je sens un corps peser sur mon lit, une main soulever avec douceur le drap qui recouvre mon visage. C'est Vilma. Elle est venue pour moi… Elle me parle.

– Pardon, Ève.

J'ai la gorge si serrée que le mince filet d'air qui passe encore se réduit de seconde en seconde. Je vais étouffer. Je me sens plus près de mourir que lorsque j'étais dans l'eau, à me laisser aller aux ténèbres.

Oui, Ève : c'est vrai. D'ailleurs, à cet instant, c'est ce que tu voudrais : mourir. D'un souffle à l'autre, perdre la vie. Puisque tu ne pourras plus jamais être innocente. Puisqu'il y a une toute petite chance que tu rejoignes ton frère quelque part, là où il est blotti à présent. Il a sûrement besoin de toi. Et toi, tu as besoin de lui demander pardon et qu'il mette sa tête sur tes genoux.

Oui, tout cela est vrai.

Mais là, c'est ta mère qui te parle, c'est ta maman qui te demande pardon. C'est elle qui a besoin que tu mettes ta tête sur ses genoux. Alors écoute-la, au moins. Vois ce qu'elle a à dire, tu sais bien qu'elle ne parle jamais pour rien.

Je lève les yeux vers ma mère, et c'est alors que je vois une chose folle, une chose que je n'aurais jamais pensé voir un jour sur son visage.

Une larme. Elle coule, glisse le long de sa joue, effleure son menton, tombe sur ma main.

– J'ai eu tort, ma chérie, sur tant de choses… Je ne pensais pas que vous aviez besoin de moi, ton frère et toi. Je trouvais que vous aviez de la chance, que vous étiez privilégiés, que tout allait bien pour vous. J'ai été stupide. Je n'ai pas été là. Oh, si c'était à refaire…

Je la regarde, fascinée, pétrifiée. Elle se tait un moment, et puis :

– C'est à moi qu'il faut en vouloir. Je ne t'ai pas écoutée ; j'aurais dû entendre que tu voulais ce chien pour de bonnes raisons, *t'accompagner*. Je sais que tu as voulu faire comme moi. Au lieu de ça, je t'ai repoussée et condamnée au secret. Tout est de ma faute. Ève, tu n'y es pour rien. Je te demande pardon, ma fille.

Je regarde encore ma mère. J'ai la gorge nouée, mais c'est elle qui pleure. Puis je lève les yeux sur Denis, resté debout près de la porte. Il nous regarde avec tant d'amour !

Un jour on rencontre ses parents, et ce sont des gens très différents de ceux qu'on a connus.

– C'est un accident, dit-il d'une voix dans laquelle le chagrin a fait son nid. La seule chose qu'on peut faire aujourd'hui, c'est vivre pour lui.

Il vient s'asseoir à côté de ma mère et lui entoure les épaules.

Vas-y, Ève. Tu peux le faire. Tu sors de ta couette. Tu te soulèves un peu et tu vas poser ta tête sur les genoux de ta mère.

Et tu vois ce qui se passe.

SOMMAIRE

Remerciements

Tibo Bérard, mon cher éditeur, merci pour ta confiance, ton enthousiasme et ton soutien sans faille. Quel bonheur de travailler avec quelqu'un d'aussi passionné que toi, Tibo !

Merci Julia Robert pour le temps et le cœur que tu as consacré à mon texte. Ma reconnaissance à l'équipe de Sarbacane et en particulier à Claudine Devey, Anaïs Malherbe, Elsa Le Duff, Manon Huber, Lucie Dromard, Aurélie Lautier.

Le docteur Olivier Tarragano, psychiatre, pédopsychiatre, directeur du pôle santé de Sciences Po, et le docteur Syril James, neurochirurgien pédiatrique et adulte, m'ont aidé à y voir clair dans les pathologies d'Eve, à déterminer son parcours médical, à donner un cadre à mes hypothèses de néophyte. Qu'ils soient ici grandement remerciés pour le temps qu'ils m'ont offert, la confiance qu'ils m'ont accordée.

Merci, chère Aël Pagny, de t'être rendue si gentiment aux rendez-vous posés par mon anglais imparfait.

Merci, Julien Cosso, d'avoir partagé avec moi tes compétences dans le domaine automobile.

À mes filleuls et neveux, Boris, Léo, Lisa et Hugo, qui ont récemment traversé cet âge si particulier marqué par la fin de l'adolescence et qui m'ont inspirée tout au long de l'écriture, je veux aussi dire merci et combien je les trouve fantastiques.

Merci à mon fils, dont la poésie et l'humour sont présents en filigrane dans chacun de mes jours, dans chacun de mes livres.

Une pensée spéciale enfin pour cette région merveilleuse qu'est la Bretagne – ce fut un plaisir d'inventer l'îlot Deroch, tel un satellite supplémentaire dans l'archipel de Bréhat – et pour les amis bréhatins à qui j'ai emprunté certains des prénoms des personnages de ce roman.

Directeur de publication : Frédéric Lavabre
Collection dirigée par Tibo Bérard
Assistante d'édition : Julia Robert-Thévenot
Maquettiste : Elsa Le Duff
Conception de couverture : Claudine Devey
Photographie de couverture : Horváth Attila / Unsplash

Achevé d'imprimer en mars 2021
sur les presses de l'imprimerie ProImpress
N° d'édition : 0133
Dépôt légal : 1er semestre 2021
ISBN : 978-2-37731-600-7

Imprimé en Bulgarie